»In einem Garten ging das Paradies verloren,
in einem Garten wird es wiedergefunden.«

Blaise Pascal

Frauke Tuttlies

Der *geworfene* Apfel

ROMAN **: TRANSIT**

© 2022 by : TRANSIT Buchverlag
Postfach 120307 | 10593 Berlin
www.transit-verlag.de

Umschlaggestaltung und Layout: Gudrun Fröba
Druck und Bindung: GGP Media GmbH
ISBN 978-3-88747-391-4

Inhalt

Der Kuss

Ich kenne keinen Garten, in dem so viele Apfelbäume standen wie in dem meiner Großeltern. Ich erinnere mich an Großmutter unter den Apfelbäumen, an dem Tag, bevor sie starb. Sie hatte einen Rest Kraft gesammelt und war noch einmal aufgestanden, um in den Garten zu gehen. Es war ein kalter, trüber Tag. Der Herbst hatte die Blätter bereits von den Bäumen gefegt, Großmutter ging unter kahlen Zweigen. Ich sah ihren Körper zwischen den Stämmen, als würde er zu ihnen gehören. Er war von ihnen kaum noch zu unterscheiden.

Und ich erinnere mich an Großvater mit Tante Maria im Garten, das war im Spätsommer des folgenden Jahres, an einem sonnig warmen Tag, unter strahlend blauem Himmel. Ich weiß noch, wie erstaunt ich war, die beiden zusammen zu sehen, noch dazu verfolgten sie sich gegenseitig. Sie tollten unter den Apfelbäumen herum wie Kinder. Irgendwann blieb Tante Maria stehen und lehnte sich an einen der Stämme. Großvater küsste sie. Kurz darauf entdeckte er mich am Ende des Gartens. Ich hatte meinen Blick auf die beiden gerichtet, in stummem Erstaunen. Großvater bückte sich, hob einen Apfel auf, warf ihn mir zu und rief: »Das bleibt unser Geheimnis!«

Du lieber Himmel

Ein Geheimnis mit Großvater zu haben, fiel mir nicht leicht. Ich hatte Großvater nie sonderlich gemocht, war immer Großmutter zugeneigt gewesen und nicht erpicht darauf, ein Geheimnis mit ihm zu teilen. Außerdem war ich nicht gut darin, etwas für mich zu behalten. Wenn ich von der Schule nach Hause kam, war die Tür kaum hinter mir ins Schloss gefallen, schon erzählte ich alles, was vorgefallen war, ich posaunte es geradezu heraus. Ich musste die Dinge unbedingt loswerden. Dann und erst dann, hatte ich im Kopf wieder Platz für neue Erlebnisse. Ein Geheimnis war also nicht gut für mich.

Und dazu noch ein solches. Was fiel Großvater ein, Tante Maria zu küssen, was dachte er sich dabei? Selbst wenn Großmutter tot war, weiß ich gar nicht, wo ich beginnen soll zu erzählen, dass das so ziemlich das Letzte war, was ich von ihm erwartet hätte. Es passte nicht zu Großvater. Nicht zu dem alten Patriarchen, der er war, nicht zum unangefochtenen Oberhaupt unserer Familie. Er war unser Silberrücken, das Alphamännchen, ich fand, dass dieser Vergleich mit dem Leittier der Gorillas stimmig war. Schließlich war Großvater früh ergraut, sein Haar schimmerte hell, er sah alt aus und zugleich jung, da sein Körper bis ins hohe Alter hinein stämmig und robust blieb. Und Großvater sagte, wo es langging, ich hätte mich nicht gewundert, wenn er sich dabei auf die Brust getrommelt hätte, um seine Stellung und Macht zu demonstrieren. Wie ein dominanter Gorilla gab Großvater bei uns den Ton an. Wenn er mich über seine Brille hinweg ansah, die Stirn in Falten gelegt, konnte ich mir sicher sein, etwas falsch gemacht zu haben und es erklären zu müssen. Ich wählte die Worte zu meiner Rechtfertigung dann immer sorgfältig, ich wusste, es würde auf jedes einzelne von ihnen ankommen. Sie alle standen auf dem Prüfstand. Zu Lügen half nicht, Großvater merkte es. Außerdem war Lügen eine Sünde.

Eine von vielen Sünden, Großvater kannte sie alle. Er wusste, was recht war und was nicht, das hatte er aus der Bibel. Sie war das lebendige Wort Gottes, Großvater hatte die heilige Schrift von Anfang bis Ende gelesen. Er war der Ansicht, dass man im Leben nichts anderes kennen musste, keine Romane, keine Gedichte, das war alles Schund. Es war unmoralisch und verderbt, und auch für Politik hatte man sich im Übrigen nicht zu interessieren. Sie war nur eine zeitweilige, vorübergehende Erscheinung. Was in der Bibel stand, galt auf ewig. Man sollte die heilige Schrift lieber einmal und noch einmal lesen, sie auswendig wissen, zumindest passagenweise. Ich fand, dass Großvater strenger war als das Evangelium. Dank ihm lebte ich in einer Welt von Verboten. Ich schwöre, die zehn Gebote waren nichts dagegen. Ich hätte sie problemlos durch etliche andere ergänzen können, wie beispielsweise: »Du sollst nicht tanzen gehen, du sollst nicht spät aufstehen, du sollst nicht häufig in den Spiegel sehen, du sollst dem anderen Geschlecht keine schönen Augen machen, du sollst dich sittsam kleiden«, um nur eine Handvoll von ihnen zu nennen. »Du sollst dich nicht selbst befriedigen«, gehörte auch dazu. Erst letztes Sylvester, im Übergang zum neuen Jahr, hatte ich Gott im Gebet gelobt, es nicht wieder zu tun. Natürlich hielt ich mein Versprechen nicht, ich konnte es nicht halten, es war mir unmöglich. Stattdessen betete ich inzwischen immer gleich danach um Vergebung. Aber warum eigentlich?

Warum war das Leben eines gläubigen Christen derart mit der Vorstellung von Sünde behaftet? Vielleicht, weil Jesus Christus derjenige war, der von den Sünden freisprach. Vielleicht, weil seine Existenz nur dann Sinn machte, wenn man ein eifriger Sünder war und blieb. »Siehe, ich bin in sündigem Wesen geboren, und meine Mutter hat mich in Sünden empfangen«, hieß es in den Psalmen, so weit ging das. Du lieber Himmel! Dieses dauerhafte und von Anfang an schuldig sein konnte einem wirklich auf den Geist gehen. Eine Zeitlang war ich davon wie besessen. Ständig hatte ich das Gefühl, schuldig zu werden, hatte ich nicht eben noch hämisch gelacht? Hatte ich meinem Klassenlehrer nicht etwas an den Hals gewünscht, weil er mir eine schlechte Zensur gegeben hatte? War ich nicht eifersüchtig auf meine beste Freundin Katrin? Sie war sehr hübsch, hübscher als ich. Na bitte, da hatte ich es. Ich fand aus meinen sündigen Gedanken einfach nicht heraus.

Deshalb beschloss ich eines Tages, ein Opfer zu bringen, die Bibel war schließlich voll davon. Sie berichtete von Speiseopfern und Trankopfern, Friedensopfern, Schlachtopfern, Erstlingsopfern und Schuldopfern, die dazu dienten, Gott zu huldigen, seinen Zorn zu beschwichtigen, ihm zu danken und ihn um Verzeihung zu bitten, und das wollte auch ich tun. Nur würde ich so ein althergebrachtes Opfer modern interpretieren. Dazu legte ich im Garten einen archaischen Kreis aus Steinen, schichtete Holz und Papier hinein, fügte mein neuestes Kleid hinzu, übergoss es mit Benzin und zündete es an. Ich hatte nicht erwartet, dass es so lichterloh brennen würde. Wahrscheinlich war es aus einem billigen Stoff, das war schon wieder kein guter Gedanke. Mutter hatte dafür bestimmt einiges bezahlt, und das Kleid hatte mir ja auch wirklich gefallen, in Mutters Augen war es bestimmt unverzeihlich, dass ich es verbrannte. Ich hatte also schon wieder etwas falsch gemacht, ich war mir nicht sicher, ob eine Entschuldigung reichen würde.

Mit dem Entschuldigen war das sowieso so eine Sache. Katrin war davon schon völlig genervt. Sie hatte mich einmal gebeten, es zu lassen und zumindest einen Vormittag lang nicht »Entschuldigung« und »Tut mir leid« zu sagen, kein einziges Mal. Ich hatte es versucht und war gescheitert. Katrin konnte sich aber auch nicht vorstellen, wie viele Gebote ich befolgen musste. In der Gemeinschaft der Gläubigen, der meine Familie angehörte, lebten wir nach strengen Regeln. Ich hatte Großvater gefragt, warum wir das taten. »Weil wir die besseren Christen sind«, gab er zur Antwort. Das aber war in meinen Augen nicht rechtens. So etwas durfte man in der Gemeinschaft der Gläubigen nicht sagen, das hatte ich gelernt. Man durfte sich weder für besser halten noch sich selbst loben. »Aber man darf besser sein oder es zumindest versuchen«, widersprach mir Großvater und behauptete, die Gemeinschaft der Gläubigen führe ein urchristliches Leben, sie strebe nach vertiefter Frömmigkeit und tätiger Nächstenliebe und bemühe sich um ein besonders pflichtbewusstes Verhalten gegenüber Gott und den Mitmenschen.

Trotzdem verstand ich nicht, warum dieses sogenannte Bessersein mit so viel

Strenge einherging. Dabei unterschieden wir, von der Gemeinschaft der Gläubigen, uns von den landläufigen Christen ansonsten nur wenig. Wir lebten seit Jahrzehnten, ach was, seit Jahrhunderten unter ihnen, gingen mit ihnen in die Schule, zur Arbeit und in die Kirche, aßen das gleiche wie sie und zogen uns auch nicht anders an. Wir trugen weder Kopftücher noch Hüte noch Perücken noch Bärte, wir waren nicht kahl geschoren und kleideten uns unauffällig, wenn auch vielleicht etwas wenig farbenfroh, trist und züchtig, das war es aber auch schon. Man sah und merkte uns unser Anderssein nicht unbedingt an. Selbst mir war am Anfang nicht bewusst gewesen, dass es dennoch Unterschiede gab. Ich nahm die Welt, in der ich aufwuchs, als selbstverständlich, wie alle Kinder das tun. Ich dachte, die Bibelkreise, Zeltmissionen, Spontantaufen und Posaunenchöre, die zu meinem Leben gehörten, wären normal und auch, dass die Eltern sich nie nackt voreinander zeigten. Wir pflegten in unserer Familie wenig Körperkontakt, berührten uns selten, nahmen uns nicht mal zur Begrüßung oder zum Abschied in den Arm. Und das mit dem Gutenachtkuss war längst vorbei.

Ich erinnerte mich, dass ich als Kind vorm Schlafengehen immer zu Vater ins Arbeitszimmer gegangen war, um ihm einen Kuss auf die Wange zu drücken. Damit war Schluss, als Mutter eines Tages bestimmte, dass ich dafür zu alt sei. Ich konnte das nicht verstehen. Mein Kuss war doch völlig harmlos gewesen. Es war ein Kinderkuss, ein dicker Schmatzer, den ich im Übrigen auch Mutter gerne gab, mehr nicht. Wie anders war hingegen der Kuss gewesen, den Großvater Tante Maria gegeben hatte. Sein Kuss war leidenschaftlich, das hatte ich gesehen. Großvater hätte mich auch sonst nicht darum gebeten, ihn geheim zu halten. Dass mit dem Kuss etwas nicht stimmte, war nur logisch.

Zigarrenrauch

D er Kuss war ein Verrat an Großmutter. Schon allein, weil Großvater Tante Maria ausgerechnet
im Apfelgarten geküsst hatte, damit fing
es ja schon an. Der Apfelgarten gehörte
zu Großmutter. Und das nicht erst seit ihrem Tod. Er hatte immer zu ihr gehört,
mehr zu ihr als zu irgendwem sonst. Niemand außer Großmutter hatte die Äpfel gepflückt, wenn sie reif waren, und
das Fallobst unter den Bäumen aufgesammelt. Sie trug die Früchte körbeweise ins Haus, um aus ihnen Apfelkompott,
Apfelgelée, Apfelmus, Apfelkuchen oder
Apfelmost zuzubereiten, viele lagerte sie
auch im Keller. So schaffte sie einen Vorrat und gab mir das Gefühl, das Haus der
Großeltern würde das ganze Jahr über
nach Äpfeln duften. Und damit nach
Großmutter.

Aber so war es leider nicht. In Wirklichkeit war es sogar genau anders herum, das
Haus roch nach Großvater. Nach den Zigarren, die er ständig rauchte. Und wenn

es nur ein abgebrannter Stummel war, den Großvater bedächtig von Mundwinkel zu Mundwinkel schob, man traf ihn eigentlich nie ohne an. Die Zigarre gehörte zu Großvater wie seinerzeit der Heimbetrieb, den er geführt hatte. Auf dem Dachboden seines Hauses hatten jahrzehntelang Arbeiter an langen Tischen gesessen, sie rollten die Zigarren noch von Hand. Davon ließ es sich, auch nachdem die Fabrikation eingestellt worden war, noch lange gut leben, Großvater und Großmutter neigten nicht zu unnötigen Ausgaben, sie waren sparsam. Und von den Zigarren waren so viele übrig, dass Großvater sie bis zu seinem Lebensende rauchen konnte. Gegen seinen Zigarrenrauch kamen die Äpfel nicht an.

Großvater dominierte. Von Anfang an. Er hatte mir erzählt, wie er Großmutter kennenlernte. Er entdeckte sie beim Bäcker, wo sie, wie er, Schlange stand. Großvater sah Großmutter erst, nachdem er bedient worden war und sich von der Verkaufstheke wegdrehte. Großmutter stand direkt hinter ihm, Großvater erschrak. Großmutter war dermaßen schön, hatte eine so zarte Figur, volle, dunkle Haare, eine helle Haut und haselnussbraune Augen, dass Großvater bei ihrem Anblick ganz durcheinander kam. Er hätte am liebsten gleich aus dem Hohelied Salomos zitiert: »Siehe meine Freundin, du bist schön«, er konnte es sich gerade noch verkneifen. Stattdessen wartete er vor der Bäckerei auf Großmutter. Er hielt ihr die Tüte mit Apfeltaschen hin, die er soeben erstanden hatte: »Sie sind noch warm, möchtest du eine?«

Großmutter zögerte nicht, sie griff in die Tüte. Sie aß ihre Apfeltasche einfach so aus der Hand und leckte sich hinterher die Finger ab, auch das hatte Großvater unwiderstehlich gefunden. Unwiderstehlich war die ganze Frau, wie sie da so vor ihm stand, von Kopf bis Fuß unwiderstehlich. Deshalb musste Großvater es auch sofort wissen, er musste wissen, woran er war: »Glaubst du an Jesus Christus?«

Großmutter sah Großvater ernst an. »Ich bin Protestantin«, gab sie zur Antwort.

Großvater atmete erleichtert auf. Denn obwohl Großmutter nicht zu der Gemeinschaft der Gläubigen gehörte, zu der Großvater seit seiner Taufe zählte, und obwohl er sich für keine Frau außerhalb dieser Gemeinschaft zu interessieren hatte, gab es Anlass zur Hoffnung. Großmutters Glaube war eine Gemeinsamkeit, auf der man aufbauen konnte, da war Land in Sicht. Ein Ufer, das Großvater auch sofort zielstrebig ansteuerte. Er lud Großmutter zur Zeltmission ein, die am nächsten Wochenende erfolgen sollte.

Den Rest dieser Geschichte kannte ich von Großmutter. Sie erinnerte sich, dass der Tag, an dem die Mission stattfand, ungewöhnlich heiß war. Der Himmel über dem Zelt war blau beflaggt und ein leiser Wind trieb die Wolken wie Schafe zusammen und vor sich her. Im Inneren des Zeltes wurde gepredigt, gebetet, gesungen und die Posaune gespielt. Großmutter saß neben Großvater. Er wurde von allen Seiten gegrüßt, jeder kannte ihn hier. Trotz seiner jungen Jahre war Großvater der Mann, an den man sich mit Fragen wandte, der, dessen Wort etwas galt, der, dem man am liebsten zuhörte und nach dem man sich richtete. Das beeindruckte Großmutter. Sie dachte an die Worte aus dem Matthäus Evangelium: »Du bist Petrus, der Fels, und auf diesen Felsen will ich meine Kirche bauen« und war spontan bereit dazu. Sie fühlte, auf diesen Mann konnte sie setzen, und das wurde ihr im Verlaufe des Tages noch klarer.

Am Nachmittag, als alle im Schatten der Bäume saßen und Hagebuttentee tranken, der unter den Gläubigen als gesundheitsfördernd galt und vor diversen Krankheiten zu schützen half, stellte Großvater Großmutter der Gemeinschaft vor. Sie wurde herzlich willkommen geheißen, und nach dem zweiten Predigen, Beten und Musizieren im Inneren des Zeltes war es Großmutter, als würde sie bereits zu ihnen gehören, nicht zuletzt, weil Großvater fortwährend an ihrer Seite war. Sie hätte ihren Kopf auf seine Schulter legen können, so nah, so dicht saßen sie beieinander. Großmutter schmolz förmlich dahin. Und so kam es, dass sie noch am Abend desselben Tages verkündete, dass sie sich bekehren lassen wolle, jetzt, hier und gleich, vor aller Augen. Großmutter wusste zwar nicht recht wozu, nur, dass sie dann ein Teil Großvaters sein würde, ein Teil seiner Gemeinschaft, und das reichte ihr, mehr nahm sie für sich nicht in Anspruch. Dafür hielt sie ihren Kopf nach unten und ließ ihn mit Wasser übergießen. Es lief ihr in die Augen, es machte sie wie von Tränen blind. Und wahrscheinlich war Großmutter in diesem Moment, in dem sie sich für Großvater entschied, ja auch wirklich blind. Blind für die Konsequenzen, die das in ihrem Leben haben würde,

und ich meine damit nicht nur den Hagebuttentee. Doch Großmutter fühlte sich
dank der Wassertaufe augenblicklich wie
neugeboren. Sie sah Großvater an, der
ihr leicht verschwommen erschien – und
Halleluja.

Drei Jungen, keine Mädchen

Ob Großmutter in ihrer Ehe glücklich war, kann ich nicht sagen. Sie hatte mit einer Menge Einschränkungen zu leben. Zunächst einmal war sie eine Frau. Und dass eine Frau dem Mann untertan zu sein hatte, stand schon in der Bibel, im Epheserbrief um genau zu sein, das war die von Gott gegebene Ordnung. Also hörte Großmutter auf ihren Mann. Und Großvater sah sie gern in ihrer Rolle als Frau. Auch Frauen waren ja Geschöpfe Gottes, auch sie hatten Rechte. Sie hatten das Recht zu lieben, zu dienen, sich in Barmherzigkeit zu üben und für die Schmerzen und Lasten anderer Menschen da zu sein. In erster Linie aber sollten sie für den Haushalt sorgen, für das Wohl ihres Mannes und für das ihrer Kinder, mit denen Großvater und Großmutter hoffentlich bald und in großer Zahl gesegnet sein würden. Es war ja nicht so, dass Großvater Großmutter nicht liebte, im Gegenteil, er verehrte sie geradezu. Großmutter war die von Gott geschenkte Frau, seine Eva, es gab für Großvater keine andere. Trotzdem konnte er Großmutter nur so lieben, wie es die Gemeinschaft der Gläubigen gestattete, in deren Augen die Ehe zwar die von Gott gesetzte Institution war, die den Stachel der Lust von der Sünde freisprach, aber nur unter einer Bedingung. »Seid fruchtbar und mehret euch«, das war der klare Auftrag der Bibel.

Arme Großmutter. Ich weiß gar nicht, wie viele Fehlgeburten sie erleiden musste, bevor sie im Abstand von drei Jahren drei Jungen zur Welt brachte. Und eben darum regte mich Großvaters Kuss, oder sollte ich besser sagen seine Küsserei, jetzt auch so auf, obwohl ich nicht wusste, wie weit das mit ihm und Tante Maria eigentlich ging. Aber verheiratet waren sie ja wohl nicht, und Kinder bekommen wollten sie bestimmt auch nicht mehr, mal ganz abgesehen davon, dass sie das in ihrem Alter nicht mehr konnten. Großvater sollte sich also was schämen.

Mit seinem Kuss hinterging er uns alle, so und nicht anders war das zu sehen. Er scherte sich einen Dreck um die von ihm aufgestellten Regeln, Großvater tat, was er anderen verboten hatte. Im Namen des Glaubens hatte er sich in die Liebesangelegenheiten und Partnerwahl aller Familienmitglieder eingemischt. Und das hatte schon früh begonnen. So hatten sich seine drei Söhne Onkel Markus, Vater und Onkel Jakob ein Zimmer teilen müssen, und das nicht etwa, weil es im Haus der Großeltern nicht genug Räume gab. Oh nein. Das war vielmehr ein Teil von Großvaters Erziehung. In einem Zimmer untergebracht, das in seiner spartanischen Einrichtung einer Klosterzelle glich, schliefen die Brüder in einer gestärkten, steifen, blütenweißen Bettwäsche, die jeden Fleck anzeigte, bei jeder Bewegung raschelte und sich harsch anfühlte, wie gefrorener Schnee. So konnten sie auf sich selbst und einander aufpassen. So behielten sich gegenseitig im Auge. Und das hieß vor allem: Hände auf die Bettdecke. Nun hätten Onkel Markus, Vater und Onkel Jakob sich natürlich verbrüdern können, um hinter der geschlossenen Zimmertür zu tun und zu lassen, was sie wollten, aber das lag ihnen nicht, dafür waren sie zu verschieden.

Tropisches Klima

Ich beginne mal mit Onkel Markus, dem Erstgeborenen. Mit seinen hellen, blonden Haaren, den wasserblauen Augen und dem kräftigen, kernigen Körper sah er aus wie eine jüngere Ausgabe von Großvater. Und er erinnerte auch sonst an ihn. Onkel Markus sprach wie sein Vater, räusperte sich wie er und verstand es schon früh zu predigen. Er verkündete die Botschaft ohne den geringsten Zweifel, mit einer natürlichen Autorität und einem Sendungsbewusstsein, als hätte Gott selbst ihm die Worte eingegeben. Großvater war stolz auf ihn. Onkel Markus war fraglos sein Lieblingssohn. Als Heranwachsender durfte er am Mittagstisch immer neben ihm sitzen und war auch der Einzige, der abgesehen von Großvater, Fleisch zu essen bekam, wenn es denn Fleisch gab. Fleisch war teuer. Meist musste sich die Familie mit Steckrüben begnügen. Ich wusste, dass Vater sie nicht mehr sehen konnte, allein schon vom Geruch wurde ihm übel. Er wollte sie nie wieder essen. Aber damals blieb ihm nichts anderes übrig, und wenn in der Steckrübensuppe einmal ein Fleischstück schwamm, dann stand es Großvater zu, der es mit Onkel Markus teilte. Die anderen, Großmutter, Vater und sein jüngerer Bruder, Onkel Jakob, kauten auf den Steckrüben herum, übten sich im Verzicht, gingen leer aus. Großmutter versuchte das auszugleichen, indem sie ihren jüngeren Söhnen einen Kanten Brot, einen Apfel oder ein paar Zuckerstücke zusteckte.

Aber ich will noch bei Onkel Markus bleiben. Er erfüllte Großvater einen Traum, als er sich dafür entschied, Missionar zu werden. »Geht hin und macht alle Nationen zu Jüngern und tauft sie im Namen des Vaters, des Sohnes und des heiligen Geistes, und lehrt sie alles zu bewahren, was ich euch geboten habe«, hieß es bei Matthäus. Das Evangelium war auf nichts anderes angelegt als auf Verkündigung; wenn man so wollte, war Jesus Christus selbst der erste Missionar gewesen, zu missionieren war der urchristliche Auftrag. Onkel Markus wollte die christliche Mission fortführen, nur musste er dafür sein Heimatland verlassen. Er wurde nach Ceylon entsandt.

Niemand aus der Familie war sich sicher, wo dieses Land überhaupt lag, war Ceylon nicht eine Insel? Mitten im Indischen Ozean? Dort gab es bestimmt jede Menge Dschungel. Elefanten. Schlangen. Moskitos. Und natürlich Wilde. Heiden. Was aßen die überhaupt? Konnte man sich sicher sein, dass Onkel Markus von dort zurückkommen würde? Lebend und im besten Fall gesund?

Großmutter war nicht wirklich damit einverstanden, dass ihr Sohn auswandern wollte. Großvater versuchte sie damit zu beruhigen, dass Onkel Markus jedes Jahr Heimaturlaub haben und sie regelmäßig besuchen würde. Außerdem würde er nicht allein nach Ceylon gehen, Onkel Markus wollte vorher schnell noch heiraten. Das fand allgemeine Zustimmung, denn in den Augen der Gemeinschaft der Gläubigen hatten Missionare sich nicht mit Einheimischen zu vermischen, ihre Aufgabe war es, die Ungläubigen lediglich zu bekehren. Onkel Markus brauchte also eine Frau, die bereit war, mit ihm zu gehen, und da gab es nur eine, die in Frage kam, und das war Marlene.

Onkel Markus kannte Marlene aus den Bibelstunden, die im Haus der Großeltern regelmäßig abgehalten wurden, da in unserer Glaubensgemeinschaft viel Wert auf das sogenannte »Priestertum aller Gläubigen« gelegt wurde. Das heißt, neben Theologen wurden auch Laien als Prediger geschätzt, im Prinzip hatte jeder etwas zum Glauben zu sagen und dafür wurde in den hauseigenen Bibelkreisen gesorgt. Marlene allerdings hatte selten etwas beigetragen. Sie saß mit den anderen in der Runde und lauschte den Worten des Evangeliums und seiner Auslegung, ohne sich groß zu beteiligen. Etwas mitzuteilen, hatte sie dann allerdings irgendwann doch. Marlene tat eines Tages unvermittelt kund, dass sie die Welt kennenlernen wolle. »Wird jemand von euch Missionar?«, fragte sie. »Ich komme mit. Nach Asien, Afrika, mir egal.« Nur in den Norden würde Marlene nicht ziehen. Nicht nach Grönland, selbst wenn es dort Missionare gab. Marlene starben ja selbst in den hiesigen Breiten im Winter die Finger ab. Sie wurden dann ganz weiß, fühlten sich taub an und sahen aus wie Leichenfinger. Onkel Markus hatte sich beides gemerkt, Marlenes Wunsch ins Ausland zu gehen und ihre Kälteempfindlichkeit. »In Ceylon ist es warm«, begann er deshalb seinen Hochzeitsantrag, »willst du?«, weiter kam er gar nicht. Marlene sagte sofort: »Ja, ich will.«

Ob das tropische Klima schuld daran war, konnte niemand sagen. Marlene jedenfalls erwies sich in Ceylon als sehr fruchtbar. Sie bekam ein Kind nach dem anderen, Onkel Markus' Familie wuchs beständig. Das war eigentlich sehr löblich, denn das Haus eines jeden Gläubigen galt als der wichtigste Ort religiöser Sozialisation. »Vater und Mutter seien ihrer Kinder Apostel, Bischöfe und Pfarrer«, hatte Martin Luther dazu verlauten lassen, allein auf die Erziehung kam es an. Sie machte die Familie zum Herz der Religion und damit zur lebendigen Kirche Gottes, sie sicherte der Gemeinschaft der Gläubigen eine Zukunft.

Der einzige Wermutstropfen war, dass Marlene ausschließlich Mädchen gebar. Mädchen wie Orgelpfeifen, mittlerweile waren es bereits sechs an der Zahl. Ruth, Rachel, Sara, Rebecca, Lydia und Serafine, die zumindest in ihrem Heimaturlaub immer zusammen auftauchten und sich auch recht ähnlich sahen, dank der weiten Batikgewänder und Sandalen, in denen sie unter den Apfelbäumen der Großeltern herumflatterten wie Paradiesvögel. Ich konnte sie kaum voneinander unterscheiden und nannte sie immer nur

»Die Glorreichen Sechs«. Glorreich kam bei mir allerdings von »Gloria« und damit von »Gloria in excelsis Deo«, dem Gesang der Engel. Denn Paradiesvögel, Engel waren sie, allesamt nicht von dieser Welt. Man stelle sich vor, die Glorreichen Sechs hatten noch nicht einmal Schnee gesehen, wussten nicht, wie er sich anfühlte und waren nie Schlitten gefahren. Dafür hatten sie im Indischen Ozean gebadet, waren in der Nähe von Leoparden, Lippbären, Hutaffen, Wasserbüffeln, Waranen, Krokodilen aufgewachsen und erzählten von Teeplantagen, Zimtbäumen, vom Regenwald und vom Königreich Kandy, in dem sie in Ceylon lebten. Ich hätte ihnen ewig zuhören mögen.

Großvater allerdings konnte mein Gloria nicht nachempfinden. Er fühlte sich nicht wohl, wenn die Mädchen ihren Heimaturlaub in seinem Haus verbrachten. Ihm wurde von so viel Weiblichkeit ganz dumm im Kopf, so dass er sich fragte, warum seinem vorbildhaften Sohn,

der mit so vielen Kindern gesegnet wurde, kein männlicher Nachfolger und Erbe
vergönnt war. Das war doch fast schon
eine Strafe. »Bist du sicher, dass du reinen
Herzens bist und deine Seele keusch ist?«,
stellte er ihn deshalb des Öfteren zur
Rede. Selbst Onkel Markus, der erklärte Lieblingssohn Großvaters, musste sich
dessen Anmaßungen also gefallen lassen.

La Belle und Fritze

Keiner von uns kam ungeschoren davon. Schon gar nicht Mutter. Großvater nannte sie immer nur »La Belle«. Damit hatte er eigentlich recht, weil Mutter ausnehmend schön war, und diese Bezeichnung zutraf. Aber für Großvater war La Belle mehr ein Schimpfwort. So wie er auch Vater beschimpfte, den er, seit Vater sich entschieden hatte, Mutter zu heiraten, mit »Fritze« ansprach. Wenn man es genau nahm, schnitt sich Großvater damit ins eigene Fleisch, denn der Name »Fritz«, den er seinem Sohn gegeben hatte, war eine Kurzform seines eigenen Namens, Friedrich. Fritze hätte auch ein Kosewort sein können, aber bei Großvater war es eine Herabwürdigung. Er benutzte es so, wie man »Zeitungsfritze«, »Versicherungsfritze«, »Immobilienfritze« oder auch »Nörgelfritze« sagte. »Der Fritze und seine La Belle«, sagte Großvater, so wie man »Die Schöne und das Tier« sagt. Warum war Großvater so gehässig?

Wahrscheinlich weil er mit der Heirat der beiden nicht einverstanden gewesen war. Vielleicht war er deswegen auch wütend auf sich selbst. Wütend, dass er nicht hatte kommen sehen, was sich da anbahnte. Aber für Großvater war Vater derjenige seiner Söhne, den er nicht weiter hatte beachten müssen, weil er unkompliziert mitlief. Vater war als Kind ein stiller, zurückhaltender Junge. Einer, der sich nicht in den Vordergrund drängte, gleichbleibend gute Zensuren mit nach Hause brachte und sich nie über irgendetwas beschwerte. Vater neigte dazu, alles mit sich selbst auszumachen. Aber genau das war die Crux, Vater erzählte nämlich niemandem von seiner Bekanntschaft mit Mutter. Deshalb kam es völlig überraschend, als er eines Tages verkündete, dass er sie heiraten wolle. Und nicht nur das. Vater fragte nicht einmal, er teilte einfach nur mit, dass er es tun würde.

»Wen bitte schön willst du heiraten?«, Großvater war fassungslos. »Doch nicht

La Belle«, die Großvater kannte. Jeder kannte sie, nicht nur weil Mutter schön war. Sie fuhr mit dem Motorroller durch die Gegend, trug Hosenanzüge, rauchte mit Zigarettenspitze und sagte ihre Meinung. Allein ihr Lippenstift gehörte verboten. Denn wovon zeugte ein Lippenstift, wenn nicht von Eitelkeit? Und Eitelkeit war nicht nur eine Sünde. Es war eine der Hauptsünden. Mutter wusste offensichtlich nicht, was sie tat. Kein Wunder bei der Familie, aus der sie kam. Ihre Eltern, das waren Emporkömmlinge, Neureiche waren das. Sie würden nicht ins Himmelreich kommen, denn man wusste ja aus dem Matthäus-, Markus- und Lukas-Evangelium, dass ein Kamel eher durchs Nadelöhr ging. Offensichtlich ging ein Kamel auch eher in die Kirche. Mutters Eltern, die ich von klein auf an Öpi und Mum nannte, weil Öpi ein kleinerer Opa war und Mum eine ältere Mutter, erdreisteten sich, nur einmal im Jahr, zu Weihnachten, den Gottesdienst zu besuchen. Dann sah Mum aus wie ein Christbaum, sie war mit Schmuck behängt, dass es nur so glitzerte, und zu allem Überfluss trug sie dazu auch noch einen teuren Pelzmantel. Sie setzte sich ins Kirchengestühl, schlug ihre langen, ellenlangen Beine übereinander und genoss die Blicke, die sie auf sich zog. Öpi störte sich nicht daran. Er war stolz auf seine Frau, die ihm lieb und teuer war. Öpi und Mum stolzierten in die Kirche hinein und wieder hinaus, als wären sie über alles erhaben. Für Großvater war das einfach nur gotteslästerlich. »Der Apfel fällt nicht weit vom Stamm«, mahnte er Vater und fragte ihn: »Wofür hast du Theologie studiert, wofür bist du Religionslehrer geworden, Fritze, sag mir, was willst du von dieser Frau?«

Vater aber widersprach: »Du kennst sie doch gar nicht richtig.«

»Was muss ich denn noch von ihr wissen?«

»Sie spielt Orgel. Sie singt. Sie wird in Kürze den Kirchenchor leiten. Und sie hat eine Vorliebe für Johann Sebastian

Bach.« Das allerdings machte Großvater hellhörig. Er liebte Bach und konnte nicht widerstehen, Großvater wurde auf der Stelle neugierig: »Kann sie für mich spielen?«

Und das konnte sie. Ein paar Tage später, an einem Sonntag, frühmorgens noch vor dem Gottesdienst, spielte Mutter die Orgel nur für Großvater. Es war gewissermaßen ein Privatkonzert. Aber ein kirchliches wohlgemerkt. Großvater hätte selbst für Bach keinen weltlichen Konzertsaal besucht. Als Mutter für ihn jedoch in der Kirche spielte, meinte Großvater, Bachs Musik noch nie so klar, so rein und fromm gehört zu haben und faltete unwillkürlich seine Hände. Was er zu hören bekam war eine Offenbarung. Großvater sollte sich nie verzeihen, dass Mutter ihn, wie er sagte, mit ihrem Spiel verführt hatte. Er rächte sich an ihr, indem er kein gutes Haar an ihr ließ. Kein gutes Haar an La Belle. Er kritisierte sie, wann immer er konnte. Und trotzdem

konnte er nicht abstreiten, dass er der
Hochzeit nach dem Orgelspiel zumindest
nicht mehr widersprochen hatte. Freilich
hatte er ihr auch nicht zugestimmt. Es
kostete ihn schon genug Kraft, die Dinge
passieren zu lassen.

Kreisrunder Haarausfall

Bei Onkel Jakob gelang Großvater das am wenigsten, um nicht zu sagen: gar nicht. Großvater drangsalierte seinen jüngsten Sohn von klein auf an. Er hatte ihn fortwährend auf dem Kieker. Nichts an Onkel Jakob war ihm recht, angefangen mit seinem Aussehen. Onkel Jakob hatte das Zarte, Schmale, Feingliedrige von Großmutter geerbt, und als er sich eines Tages die Haare lang wachsen lassen wollte, explodierte Großvater. »Spielst du jetzt etwa auch mit Puppen? Bist du ein Mädchen?«, wetterte er. Nichts davon hatte Onkel Jakob im Sinn. Er war einfach nur wie er war. Sehr schüchtern in erster Linie. So schüchtern, dass er sich unter dem Tisch versteckte, wenn Besuch kam, aber Onkel Jakob war sowieso am liebsten für sich, allein. Er konnte sich stundenlang mit sich selbst beschäftigen. Am liebsten malte er, oder er lag auf dem Rücken im Gras herum und starrte in den Himmel. Onkel Jakob war ein Tagträumer. »Was soll das werden? Schläfst du etwa mit offenen Augen?«, fragte Großvater, wenn er ihn dabei erwischte. »Wer nicht arbeiten will, soll auch nicht essen«, zitierte er aus dem Brief des Apostel Paulus an die Thessalonicher. »Hopp, hopp«, sagte Großvater, »mach etwas Sinnvolles.« Und das hieß für Großvater nicht irgendwelche Kleckse auf ein Malpapier produzieren. Gott behüte.

Aber was Onkel Jakob stattdessen auch tat, er konnte es Großvater nicht recht machen, und das, obwohl er die Posaune besser spielte als irgendwer sonst in der Familie, und das war ja nicht irgendetwas. Der Prophet Josua hatte berichtet, wie die Posaunen die Mauern Jerichos zu Fall brachten. Wer die Posaune zu spielen verstand, verkündete auch heute noch die Botschaft Gottes. Doch das reichte Großvater nicht, sein Jüngster musste sich vor ihm ständig neu beweisen. Er hatte sich körperlich zu ertüchtigen, musste im Winter kurze Hosen tragen und sich am Morgen im Garten mit einem Eimer kal-

ten Wassers übergießen, da Großvater ihn
abhärten wollte, damit er ein »richtiger«
Junge wurde. Großmutter versuchte, ihren Jüngsten vergeblich vor Großvaters
Angriffen zu schützen, doch er wusste
sich am Ende selbst zu helfen.

Onkel Jakob las eifriger als alle zusammen die Bibel und kannte sich irgendwann so gut in ihr aus, dass selbst Großvater erstaunt zu ihm aufblickte. Der
Junge machte ihm in dieser Hinsicht
doch tatsächlich den Rang streitig. Onkel
Jakob wurde religiöser als wir alle zusammen. In seinem letzten Schuljahr began-
nen ihm dazu noch die Haare kreisrund
auszufallen. Onkel Jakob sah mit einem
Mal aus wie ein Mönch, ihn schmückte
eine natürliche Tonsur, Onkel Jakob sah
darin ein Zeichen. Er nahm sein Schick-
sal an und beschloss, in ein Kloster ein-
zutreten. Das war allerdings wieder etwas, das Großvater in Rage brachte. Die
Abkehr vom Ordensleben war schließlich
ein Signal der Reformation gewesen. Wa-

rum also sollten die Protestanten rund 500 Jahre später zurück ins Kloster gehen? Klöster waren etwas für Katholiken. Die Tendenz sich zurückzuziehen und abzusondern, war doch längst überwunden, die Art, wie sich die Gemeinschaft der Gläubigen die Welt auf Distanz hielt, ohne ihr ganz den Rücken zuzukehren, war vollkommen ausreichend. Außerdem hatte jeder Mann eine Familie zu gründen. Das war seine heilige Pflicht. Aber Großvater hatte ja schon immer befürchtet, dass Onkel Jakob irgendwie kein normaler Mann war. Freiwillig im Zölibat zu leben, wie Onkel Jakob es tat, das ging Großvater zu weit. Mich hingegen hätte interessiert, was Onkel Jakob zu weit ging. Ich fragte mich, was er von seinem wild in der Gegend herumküssenden Vater halten würde. Nein, mehr noch fragte ich mich, was er von seinem Vater halten würde, der Tante Maria küsste.

Tante Maria

Ausgerechnet Tante Maria, die wir alle kannten. Sie hatte, genau wie Marlene, jahrelang den Bibelkreis im Haus der Großeltern aufgesucht, der für alle Gläubigen der Gemeinschaft offen war. Tante Maria brachte oft etwas mit. Kuchen, Kekse, manchmal auch Saft oder Blumen, und Bonbons steckte sie den Kindern sowieso immer zu. Tante Maria war fürsorglich. Ich mochte sie, auch wenn ich sie, ehrlich gesagt, alles andere als attraktiv fand. Aber auch die Bibel kannte Hässlichkeit. Im Buch Jesaja stand geschrieben: »Er hatte keine schöne und edle Gestalt, so dass wir ihn anschauen mochten«, so ging es mir mit Tante Maria. Ihre Haut war großporig und teigig, ihre Augen versteckten sich hinter einer Brille, deren Gläser so dick waren, dass man sie dahinter suchen musste wie einen Fisch im Aquarium, und als Krönung trug sie einen Dutt. Außerdem roch Tante Maria komisch. Mit Veilchenparfum versuchte sie den Duft nach Mottenkugeln und

Lavendel zu überdecken, der von ihr ausging. Wenn ich neben ihr saß, hielt ich in aller Regel den Atem an und starrte auf die blickdichten Strumpfhosen, die Tante Maria bei jedem Wetter trug. Oder auf ihre Knie bedeckenden, fest gewebten Röcke, nicht zu vergessen die Blusen mit steifen Kragen, über denen eine lange Kette baumelte, an der ein Kreuz hing. Selbst als Tante Maria noch jung gewesen war, hatte sie schon alt ausgesehen. Zeitlos alt, wenn es so eine Wortschöpfung gibt, sonst hätte man sie für Tante Maria erfinden müssen. Sie war das, was man eine graue Maus nannte oder auch ein Mauerblümchen. Also eine Frau oder ein Mädchen, das beim Tanzen wenig oder gar nicht aufgefordert wurde, aber wir tanzten in der Gemeinschaft der Gläubigen ja eh nicht, es spielte also keine Rolle. Und um das mal klar zu sagen, Tante Maria war niemandes Tante. Alle nannten sie nur so. Wahrscheinlich, weil sie etwas Tantenhaftes an sich hatte.

Tante Maria war immer um alles und alle sehr besorgt, dahinter steckte eine traurige Geschichte. Sie war noch jung gewesen und stand auf der Schwelle zu ihrem eigenen Leben, als nacheinander erst ihr Vater an Morbus Bechterew und kurz darauf ihre Mutter an Parkinson erkrankten. Tante Maria gab ihre Pläne sofort auf, um ihre Eltern zu pflegen, um die sie sich aufopferungsvoll kümmerte. Darüber vergingen viele Jahre. Als ihre Eltern gestorben waren und Tante Maria in den Spiegel blickte, hatte das Kreuz noch immer um ihren Hals gehangen, und sie fand sich alt. Das Leben war an ihr vorübergegangen, ohne dass sie es bemerkt hatte. Jeder von uns wusste, dass Tante Maria noch Jungfrau war. Sie war die alte Jungfer unserer Gemeinschaft. Es war schwer vorstellbar, dass sie nun aus ihrem Dornröschenschlaf erwacht sein sollte und das ausgerechnet mit Großvater. Das musste ein Märchen sein, war es aber nicht. Ich hatte den Kuss gesehen und den Apfel aufgefangen, ich war dabei gewesen, ich war sein Zeuge. Aber war Großvater nicht viel zu alt, um so zu küssen? Und Tante Maria? Sie war doch noch nie jung genug dafür gewesen! Und überhaupt. Wo sollte dieser Kuss denn hinführen? Und wo kam er so plötzlich her?

Guten Glaubens

Es war kaum zu glauben, dass Großvater bis vor kurzem noch täglich zu uns gekommen war. Nach Großmutters Tod zeigte er sich nicht in der Lage, sich allein zu versorgen und aß deshalb mit uns zu Mittag, er hatte es ja nicht weit. Wir wohnten Haus an Haus, Garten an Garten, Großvater war im Nu bei uns. Er setzte sich zu Vater, Mutter und mir und sprach das Tischgebet: »Segne Vater diese Speise, uns zur Kraft und dir zum Preise.« Manchmal starrte er danach einfach nur auf seinen Teller und brachte nichts runter. Großvater war dünn geworden und sah schäbig aus. Er hatte begonnen, sich zu vernachlässigen, roch ungewaschen und rasierte sich nicht mehr. »Großvater stinkt«, beklagte ich mich bei Mutter.

»Er ist traurig«, wies sie mich zurecht. Dabei hatte Großvater Zeit seines Lebens behauptet, dass man mit allem fertig werden könnte: »Es gibt nichts zu fürchten, Gott ist bei uns. Sein Stecken und Stab trösten uns«, das hatte er aus

den Psalmen. Na, von wegen. Seit Großmutters Tod war Großvater ein gebroche-
ner Mann. Aber vor ein paar Wochen war
plötzlich alles anders gewesen. Großvater
war von einem Tag auf den anderen nicht
mehr zum Mittagessen erschienen. Er hatte noch nicht einmal abgesagt, die Schüs-
seln dampften, das Essen wurde langsam,
aber sicher kalt, wir warteten vergeblich.
Vater lief schließlich durch die Gärten und
klingelte bei Großvater, der nicht zu Hause war. Das war erstaunlich, da Großvater,
bis auf die sonntäglichen Gottesdienste,
die Bibelkreise, den wöchentlichen Ein-
kauf, die Mittagessen bei uns und den ein
oder anderen Arztbesuch, seit Großmutters Tod das Haus nicht verlassen hatte.
Was war passiert? Wir machten uns Sorgen. Vater versuchte Großvater im Laufe
des Nachmittags noch mehrmals telefo-
nisch zu erreichen, und am Abend schaute er erneut bei ihm vorbei. Ohne Erfolg.
Mutter schlug vor, die Polizei zu kontak-
tieren. Aber Vater beschloss, Großvater
bis zum nächsten Tag Zeit zu geben.

Gottseidank hob Großvater frühmorgens den Telefonhörer ab, seine Stimme klang verschlafen. Auch das war verwunderlich. Großvater stand seit Jahr und Tag, sommers wie winters, Schlag sechs Uhr auf, es war unglaublich, ihn um sieben Uhr aus dem Bett geklingelt zu haben. »Alles in Ordnung«, brummte er. »Ich bin nur noch nicht richtig wach.«

»Und was war gestern?«, fragte Vater.

»Da bin ich unterwegs gewesen, ich habe jemanden besucht, es ist spät geworden. Tut mir leid, ich vergaß, Bescheid zu geben.«

»Das macht nichts«, Vater begrüßte es, dass Großvater nach einem halben Jahr der Trauer nun offensichtlich begann, wieder etwas zu unternehmen. Und es gab wirklich Anlass zur Freude, denn Großvater war von diesem Tag an völlig verändert. Er sah wieder gepflegt aus, aß normal und strahlte momentweise sogar etwas Heiteres, Unbeschwertes aus.

Im Nachhinein ist mir klar, dass das wahrscheinlich die Zeit war, in der er begonnen hatte, sich mit Tante Maria zu treffen. Wir hätten es merken können, dass da etwas im Busch war. Aber wir waren guten Glaubens und im Übrigen zu sehr mit uns selbst, mit unseren eigenen Leben beschäftigt, um Großvaters Auftreten zu hinterfragen. Ich lernte damals neben der Schule für meine Konfirmation. Sie war nicht irgendetwas für mich, sondern ein wichtiger Schritt, der meinen Glauben bekräftigen und den Eintritt in mein kirchliches Erwachsenenleben symbolisieren sollte. Und obwohl sie erst im nächsten Jahr stattfinden würde, und ich dafür ja auch erst einmal die bei uns damals übliche Katechismusprüfung bestehen musste, hatte ich mir meinen Konfirmationsspruch bereits ausgesucht. Er stammte aus dem Johannesbrief und lautete: »Lasset uns nicht lieben mit Worten, sondern mit der Tat und in der Wahrheit.« Und jetzt hatte ich den Salat. Jetzt lebte ich außerhalb der Wahrheit, zumal was die Liebe anging. Ich kaute auf Großvaters Geheimnis herum und konnte es nicht schlucken. Es war zu ungeheuerlich, und ich musste immer wieder daran denken, selbst ein halbes Jahr später noch, als ich es auf meiner Konfirmation mit einem Glas Sekt herunter zu spülen versuchte. Ich trank das pricklige Gesöff zum ersten Mal und fühlte mich beschwipst, als Großvater auf mich zutrat. Er zeigte mit dem Finger auf die Kreuzohrringe, die ich soeben von Mutter geschenkt bekommen hatte und fragte: »Ist das Schmuck?«

Fast hatte ich das Gefühl noch einmal geprüft zu werden, denn diese Frage war typisch für Großvater. Sie war eine Falle. In Bezug auf Schmuck verkündete die Bibel eindeutig im Korintherbrief, dass Frauen sich mit Scham und Zucht zu verschönern hatten anstatt mit Gold und Perlen, deshalb antwortete ich brav: »Das ist kein Schmuck. Das ist mein Glaubensbekenntnis.«

Großvater war zufrieden.

Ich hingegen drehte mich von ihm weg und ließ ihn stehen, die Wirkung des Alkohols machte es mir möglich. Fast hätte er meine Zunge soweit gelockert, dass ich gesagt hätte, was ich dachte, dass Großvater nämlich kein Recht mehr hatte, mich so etwas zu fragen. Nicht, solange er mit Tante Maria zusammen war, und das war er doch noch, oder? Aufgebracht drehte ich mich wieder zu Großvater hin, trat auf ihn zu und fragte angriffslustig: »Was ist denn nun eigentlich mit dir und Tante Maria?«

Großvater zuckte kaum merklich zusammen. Er legte den Finger auf die Lippen, so bekam ich sein Geheimnis noch einmal verpasst. Da half es auch nichts, dass ich Großvater erneut stehen ließ, er blieb mir auf den Fersen, und rief: »Nun warte doch. Ich habe noch etwas für dich!«

Widerwillig hielt ich inne.

Großvater nestelte an seinem Jackett herum und entnahm ihm einen Briefumschlag, den ich auf der Stelle öffnete. Er enthielt ein Flugticket nach Ceylon.

»Eine Reise zu Onkel Markus?«, fragte ich ungläubig.

Mirjam Madam

Schon im Flugzeug war alles anders. Die Reisetablette, die ich genommen hatte, versetzte mich in einen Zustand zwischen Schlafen und Wachen. Er ließ mich gelassen wahrnehmen, wie das Flugzeug abhob, die Erde unter mir kleiner und kleiner wurde, ich in die Wolken eintauchte und durch sie hindurchflog, bis sie in einer geschlossenen, watteweichen Decke unter mir lagen, auf der ich meinte, spazieren gehen zu können, während der Himmel über mir sich in einem sonnendurchstrahlten Blau wölbte wie eine Haube. War das Traum oder Wirklichkeit? In jedem Fall war es anders als alles, was ich kannte, und ich wünschte, alles würde anders bleiben und Ceylon würde die Welt, aus der ich kam, aus den Angeln heben, wie es das Flugzeug tat.

Und es ging tatsächlich anders weiter. Anders als gedacht. Ich wurde am Flughafen in Colombo nicht, wie erwartet, von meiner Familie abgeholt, sondern von einem ceylonesischen Fahrer, der ein Schild hochhielt. In großen Lettern prangte mein Name in dieser fremden Welt, wie ein Aufruf, wie ein Teil einer Protestaktion, von der ich nicht wusste, was sie bedeutete.

Ich trat auf den Fahrer zu, der jung war, höchstens 18 Jahre alt, hochgewachsen und schlank, mit schwarzen Haaren, dunklen Augen und einer dunkelfarbigen Haut, auf der sein safranfarbenes Baumwollhemd nur so leuchtete, und sagte unsicher: »Hello«.

Der Fahrer faltete seine Hände in Kopfhöhe, verneigte sich und begrüßte mich mit: »Hello Madam«.

Ich musste darüber lachen. »Not Madam, I am Mirjam«, stellte ich mich vor.

Der Fahrer wiegte daraufhin seinen Kopf. Es war eine wellenförmige Bewegung, die den Kopf von links nach rechts spülte und von rechts wieder nach links, so etwas hatte ich noch nie gesehen. »Mirjam Madam«, sagte er lächelnd.

Ich fragte ihn nach seinem Namen.

»I am the driver«, meinte der Fahrer, hievte mein Gepäck in den Kofferraum und hielt mir die Wagentür auf. Ich sollte hinten rechts einstiegen, da sich dort der Sitz für den ranghöchsten Beifahrer befand, wie ich erst später erfuhr. Ich hätte dort sonst nie Platz genommen, es wäre mir peinlich gewesen. So aber ließ ich mich auf den Sitz plumpsen und freute mich, als wir losfuhren.

Es gab so viel zu sehen. Fahrräder, Rikschas, überfüllte Busse, Affen, die über Autodächer tollten, Fußgänger und Kühe mitten auf der Fahrbahn, es schien keine Verkehrsregeln zu geben, in meinen Augen jedenfalls nicht, da bewegte sich alles kreuz und quer. Es war ein buntes Gewirr und wildes Geklingel und Gehupe. Ich sah Menschen am Straßenrand hocken, ich sah Häuser wie Paläste, ärmliche Hütten, Tempel, Verkaufsstände, alles war bunt, laut und übervoll. Ich kurbelte das Fenster herunter, sofort schlug schwüle Luft ins Auto. Sie war so feucht, als wäre sie mit Wasser getränkt und machte mir das Atmen schwer. »It`s really hot«, japste ich.

»Kandy is a bit colder«, versprach der Fahrer und hielt an einem Straßenstand an. Durch das offene Autofenster orderte er eine Trinkkokosnuss, die der Verkäufer mit einer Machete köpfte, einen Strohhalm hineinsteckte und ihm für etwas Geld gab. Der Fahrer reichte sie an mich weiter. »For Mirjam Madam«, sagte er. »Drink and you will feel better.«

Die Frucht schmeckte himmlisch. Ihr Saft war frisch und süß. »Good, very good«, bedankte ich mich, und der Fahrer wiegte wieder seinen Kopf, lächelte und sah mich im Rückspiegel an. Von da an trafen sich unsere Blicke häufiger.

Nichts als Schlangen

Das Haus von Onkel Markus Familie musste noch aus der Kolonialzeit stammen, es strahlte einen verfallenen Glanz aus und lag in den Hügeln Kandys auf einer leichten Anhöhe. Von hier aus hatte man einen überwältigenden Blick auf einen Fluss, den Mahaweli, einem eher trüben, braunen, breiten Band von Wasser, das im Tal behäbig in die Ferne floss.

»Willkommen Zuhause«, begrüßte Marlene mich. Sie stand in der Haustür wie eine Puppe aus Porzellan. Ihre durchscheinende Blässe ließ sie unwirklich erscheinen. Marlene hatte immer schon eine helle Haut gehabt. Nun aber sah sie noch blasser aus, aber das mochte hier in Ceylon auch nur so wirken. »Du musst erst einmal mit mir vorlieb nehmen«, sagte Marlene, da die Glorreichen Sechs in der Schule waren und Onkel Markus arbeitete. Sie zog mich ins Haus und bat den Fahrer, von dem ich inzwischen wusste, dass er Ravi hieß, meine Koffer auf das Gästezimmer zu bringen, das mir während meines Aufenthaltes zur Verfügung stehen würde. Es war genauso eindrucksvoll eingerichtet wie das gesamte Haus, das mit alten, englischen Möbeln bestückt war und das Flair einer vergangenen Zeit verströmte. Der bezauberndste Einrichtungsgegenstand war das Himmelbett im Gästezimmer, es sah aus, als wäre es einem königlichen Schlafgemach entsprungen. Von seinem Baldachin hing ein transparentes Netz herab, das mich an einen Hochzeitsschleier erinnerte. Doch Marlene zerstörte meine Träume: »Mit Romantik hat das rein gar nichts zu tun, das ist ein Insektenschutz, in Ceylon gibt es Moskitos.«

»Und Schlangen«, fügte sie kurze Zeit später hinzu, als sie mich durch den tropischen Garten des Hauses führte, der mit seinen exotischen Bäumen, Sträuchern und Blumen so schön war wie ein Paradiesgarten. Allerdings ohne Apfelbäume. »Lauf hier bitte nicht barfuß herum«, bat Marlene. »Auch im Haus nicht, sie kommen auch rein.« Ich erschrak. Marlene versicherte mir, es bestünde kein Anlass zur Sorge, da Ravi jeden Morgen und jeden Abend die Runde machte. Er sah unter jedes Bett, hinter jeden Vorhang, in jede Ecke, um mögliche Schlangen zu vertreiben, denn so manche von ihnen war giftig. »Eine Begegnung kann tödlich enden«, warnte Marlene.

»Aber das ist dann doch auch für Ravi gefährlich«, warf ich ein.

»Er ist Ceylonese und von klein auf daran gewöhnt«, versuchte Marlene die Angelegenheit zu rechtfertigen und fragte mich im gleichen Atemzug, ob ich nach dem langen Flug vielleicht einen Ceylon Tee trinken wollte.

Und ob ich wollte, Marlene wusste ja gar nicht, wie sehr. Ich war noch nie in den Genuss von schwarzem Tee gekommen, ich hatte ihn bisher nicht trinken dürfen, weil meine Eltern behaupteten, er sei zu stark, zu anregend und deshalb nur etwas für Erwachsene. Nun, offensichtlich befand mich Marlene für erwachsen genug. Sie bat mich, am Gartentisch Platz zu nehmen, und rief die Köchin herbei, die sie mir als »Lakschmi« vorstellte. »Lakschmi bedeutet Glück, und Lakschmi ist eine glückliche Frau, weil sie bei uns arbeitet. Hier im Land leben viele unter der Armutsgrenze«, erklärte Marlene. »Im Übrigen ist Lakschmi bekehrt«, fuhr sie fort. »Alle, die für uns arbeiten, sind es. Manche von ihnen, selbst wenn sie aus einfachsten Verhältnissen kommen, gehen sogar eine Zeitlang in unsere Bibelschule und lernen nicht nur die Geschichten der Heiligen Schrift kennen, sondern wissen dann auch, was moralisch richtig ist. Das ist eine Bedingung für ihre Einstellung, sonst könnten wir ihnen nicht vertrauen.«

Der Tee, den Lakschmi anschließend servierte, war köstlich. Er schmeckte herb und zugleich frisch, kräftig und zugleich mild, und ich war ihm sofort für immer verfallen. Er erinnert mich heute noch an meine ersten Stunden in Ceylon, in denen ich teeberauscht neben Marlene im tropischen Garten saß und Ravi zusah, der im Garten die Pflanzen bewässerte. »Ravi ist unser boy für alles«, sagte Marlene, und ich weiß noch genau, dass spätestens in diesem Moment etwas in mir kippte.

Meine Wahrnehmung veränderte sich. Etwas stimmte nicht mehr, so, als würde die Schönheit, die mich umgab, nicht echt sein. Mir war, als würde ich einem Bild innewohnen, in dem es einen Fehler gab. Ich erinnerte mich an das, was ich zur Geschichte Ceylons im Reiseführer gelesen hatte. Die britische Kolonialherrschaft hatte bis 1948 gedauert. Seitdem war Ceylon zwar wieder unabhängig, aber nur innerhalb des Commonwealth, und man wusste ja, wie gerne die Briten Tee tranken. So gerne wie ich. Tee, der auf den Plantagen in Ceylon angebaut wurde. Die Teepflücker, auch

das hatte ich dem Reiseführer entnom-
men, verdienten, auch heute noch, nur einen Hungerlohn. Ich sage ja, im Bild war
ein Fehler. Oder gleich mehrere. Oder
war ich der Fehler?

Pünktlich zum Abendessen zurück

Marlene riss mich aus meinen Gedanken. Sie schlug vor, mich über die Missionsstation zu führen, die fußläufig erreichbar war, und hakte sich bei mir ein. Sie spannte einen Regenschirm auf, der uns als Sonnenschutz diente und sich wie ein künstlicher Himmel über uns erhob. Wie zwei feine Damen spazierten wir einer Ansammlung von einfachen, bunt gestrichenen Häusern entgegen. Sie waren durch Trampelpfade miteinander verbunden und vermittelten den Eindruck, sie könnten jederzeit vom üppigen Grün, das sie wild umwucherte, verschlungen werden. Es gab eine Kirche, ein Gemeindehaus, eine Batikwerkstatt, einen Kindergarten, und eine Schule sollte es in Zukunft auch geben. Mal ganz abgesehen von den vielen kleinen Privathäusern, von denen etliche sich noch im Bau befanden und an ehemalige Slumbewohner vergeben wurden, die sich hatten bekehren lassen. »Sie ziehen mit ihrer ganzen Familie zu uns, und ihre Familien sind in der Regel groß«, sagte Marlene, »unsere Gemeinde wächst und wächst. Markus kommt mit den Taufen gar nicht mehr hinterher.«

»Wo ist er überhaupt?«, fragte ich.

»Er wird in den Slums sein. Es können nicht alle bei uns unterkommen, also lässt er zur Verbesserung der hygienischen Verhältnisse Toiletten bauen.«

Nun war ich beeindruckt. »Meinst du, ich kann einmal mit?«

»Wohin?«

»Na, in die Slums.«

Marlene winkte ab. »Du machst dir ja keine Vorstellung. In den Slums kann man sich alle möglichen Krankheiten einfangen.«

»Aber ich würde gerne Land und Leute kennenlernen.«

»Oh, das wollte ich im Anfang auch«, entgegnete Marlene. »Mit der Zeit habe ich gelernt, dass es Wichtigeres zu tun gibt. Unsere Aufgabe ist es nicht nur, Menschen aus dem Elend zu befreien. Wir retten an erster Stelle Seelen. Du kannst gerne auf der Missionsstation mithelfen.«

»Ich möchte aber lieber Ceylon sehen«, wiederholte ich hartnäckig.

Marlene sah mich verstimmt an. »Dann frag deine Cousinen nach den Elefanten«, kam sie mir entgegen. »Sie gehen beinahe täglich nach der Schule zu ihnen.«

Das Elefantenwaisenhaus Kandys lag die Hügel hinab, direkt am Fluss. Hier wurden verletzte Elefanten gepflegt und verwaiste Elefantenkälber aufgezogen, und die Glorreichen Sechs waren gerne gesehen, sie leisteten freiwillige Arbeit. Sie kümmerten sich um sechs Elefanten, die sie mir als Max und Moritz, Lotta, Annabelle, Knud und die Dicke vorstellten und schlugen mir vor, mir auch einen Elefanten auszusuchen, am besten einen jungen, kleinen, da der leicht zu pflegen sei. Sie meinten, ich könnte ihn Albert nennen. »Wieso Albert?«, fragte ich und erhielt ein leicht dahin gesprochenes: »Albert oder Albertine, wieso nicht?« zur

Antwort. Doch das kam für mich nicht in Frage. Ich hatte zu viel Respekt vor den Dickhäutern, die ich bisher nur aus der Ferne, nur aus dem Zoo kannte. Deshalb sah ich erst einmal zu, wie die Glorreichen Sechs ihre Elefanten versorgten, sie gaben den kleinen Milch aus der Flasche und fütterten die großen mit Kakifrüchten, Reiskleie und Tamarinde. Danach wurden alle Tiere an den Mahaweli getrieben. Das war eine stattliche Prozession von etwa dreißig Elefanten, die da zum Fluss trabte und wir, neben den Mahouts, wie die einheimischen Elefantenpfleger genannt wurden, spazierten mitten unter ihnen. Meine Cousinen stiegen sogar in den Fluss, um ihre Elefanten zu waschen. Ich sah ihnen vom Ufer aus zu, als mich ein Einheimischer ansprach. Er zeigte auf einen der Elefanten und sagte: »Ganesha, Ganesha, Ganesha«, ja, er wiederholte dieses Wort immer wieder. Ich verstand nicht, was er damit meinte und fragte die Glorreichen Sechs später danach. Sie erklärten mir, dass Elefanten in Ceylon heilig wären und dass Ganesha ein hinduistischer Gott sei, der einen Elefantenkopf besaß. »Das ist alles Aberglaube«, machten sie sich lustig. Ich jedoch beschloss mir am nächsten Tag einen Pflegeelefanten zuzulegen, den ich Ganesh nennen würde. Ganesh und nicht etwa Albert oder Albertine.

Aber Ganesh reichte mir nicht. Ich konnte meine Tage nicht nur im Elefantenwaisenhaus und Tee trinkend im Garten verbringen. Ich hatte auch versucht, mich im Kindergarten der Missionsstation zu engagieren, sah aber nicht den Unterschied zu anderen deutschen Kindergärten, und den gab es ja auch nicht wirklich. Es hieß, dass im Missionskindergarten zu Weihnachten sogar das Krippenspiel aufgeführt wurde, und es wurden Weihnachtslieder gesungen, wenn auch in vereinfachter Form und auf Englisch. Nur fand ich »den holden Knaben mit lockigem Haar« auch als »lovely boy child with curley hair« ausgesprochen kitschig

und wusste nicht, was er in Ceylon verloren hatte. Als ich zudem erfuhr, dass
im letzten Jahr ein Nadelbaum aus dem
Hochland Ceylons auf der Missionsstation als Weihnachtsbaum hergehalten hatte und dass am Heiligabend eine Schlange aus ihm gekrochen war, die alle in
Panik versetzt hatte, musste ich schreck-
lich lachen.

Es konnte ja nicht sein, dass ich nach Ceylon gekommen war, um etwas von der
Welt zu sehen, und jetzt auf der Missionsstation festgehalten wurde. Ich musste mir unbedingt etwas einfallen lassen
und suchte Onkel Markus auf, der nach
dem Abendessen immer in einem Sessel
saß und eine Zigarre rauchte, während
der Ventilator über ihm nicht nur die Luft
fächelte, sondern auch den Rauch verteil-
te, so dass es im ganzen Haus nach Großvater roch. Ich fragte ihn, ob er seinen
Fahrer für die Dauer einiger Tagesausflü-
ge entbehren könnte, denn ich wusste ja,
das Onkel Markus Ravi vertraute, sonst

hätte Ravi mich nicht vom Flughafen abgeholt, und meine Rechnung ging auf.

»Warum eigentlich nicht?«, bestimmte Onkel Markus, wenn auch etwas zögerlich. »Soll Ravi dir ruhig seine Heimat zeigen. Allerdings müsst ihr pünktlich zum Abendessen zurück sein.«

Ravi trug ein T-Shirt aus der Missionswerkstatt, als er mich abholte. Dort wurden Batikstoffe jeglicher Couleur produziert, die für Tischdecken, Wandbehänge, Taschen und Kleidung verwendet werden konnten. Es gab auch Stoffe mit christlichen Motiven darauf, die vor allem ins Ausland, nach Europa verkauft wurden und Geld brachten, mit dem die Missionsarbeit finanziert werden konnte. Auf Ravis T-Shirt spazierten Tiere in den Bauch eines Schiffes, das war unzweifelhaft die Arche Noah. »Save your life, if you can«, sagte ich deshalb zur Begrüßung.

Ravi hielt mir die Wagentür auf: »Mirjam Madam is sitting safely. In the back.«

»Mirjam is sitting right beside of you«, entgegnete ich und setzte mich entschieden nach vorne. »Where are we going to?«

»Even Noah didn't know«, witzelte Ravi und fuhr mich zu einem der berühmtesten Höhlentempel Ceylons.

Es war das erste Mal in meinem Leben,

dass ich ein buddhistisches Heiligtum betrat. Ravi wartete vor dem Eingang, da er kein Eintrittsgeld hatte bezahlen wollen und sich nicht von mir einladen ließ. Ich konnte ihm also keine Fragen stellen. Aber ich hatte erst neulich, gemeinsam mit Katrin, Hermann Hesses »Siddhartha» gelesen, das war ja das Beste an unserer Freundschaft, dass Katrin und ich die Leidenschaft für Bücher teilten. Ihre Eltern besaßen eine tolle Bücherwand, aus der wir uns regelmäßig mit Literatur versorgten. Stefan Zweigs »Schachnovelle« zum Beispiel, Max Frischs »Homo Faber«, Marlene Haushofers »Die Wand«, Ernest Hemingways »Der alte Mann und das Meer«, »Das Tagebuch der Anne Frank« und eben auch Hermann Hesses »Siddhartha«. Und so hatte ich von dem Brahmanensohn, der sein Elternhaus verließ, um zum Asketen und Bettler zu werden, gelesen. Ich hatte erfahren, wie Siddhartha der Liebe begegnete, einen Sohn zeugte, sich im Leben verlor, an Selbstmord dachte, zum Fährmann wurde, im »Om« des Flusses Erleuchtung fand und als Buddha erwachte. Einen anderen Buddha kannte ich zugegebenermaßen nicht, nur Hesses Siddhartha. Und jetzt stand ich vor einer erstaunlich großen Buddha-Figur, die liegend fast die ganze Grotte ausfüllte, und die mir, ehrlich gesagt, viel besser gefiel als die Darstellungen von Christus am Kreuz. Warum musste der christliche Gott auch so sehr leiden? Ich hätte einen fröhlichen Heiligen bevorzugt oder einen Erleuchteten wie diesen, der angenehm entspannt wirkte. Ihn zu betrachten, machte mich ruhig.

Ich blieb über eine Stunde in der Höhle und musste immer wieder an Hesse denken, der eines Tages zu einer Reise nach Indien aufgebrochen war, die ihn stattdessen aber nach Penang, Singapur, Sumatra, Borneo, Burma und auch nach Ceylon geführt hatte. Hesse war, soweit ich wusste, sowohl in Colombo, als auch in Kandy gewesen, genau wie ich. Ob er den liegenden Buddha gesehen hatte? Ich trennte mich ungern von ihm, ja, ich verließ den Buddha am Ende nur, weil ich Ravi unmöglich länger warten lassen konnte. Ich fand ihn schlafend unter einem Baum, Ravi lag dort einfach auf der nackten Erde. Er sah so gelöst aus, wie eben noch der Buddha. Ich stieß ihn sanft an, Ravi brauchte eine Weile, bis er richtig zu sich kam, dann stand er auf und klopfte sich den Staub ab. »Did you like the Buddha?«

»Very much«, bekannte ich und fragte neugierig: »What have you been before you became a Christian?«

»I'm a Hindu.«

»I thought you are a Christian now.«

Ravi wiegte wieder einmal seinen Kopf. »I will show you something«, versprach er.

Ravi kutschierte mich zu einem anderen Tempel. Er befand sich direkt an der Straße zurück nach Kandy und wurde von vielen Einheimischen besucht, Ravi besichtigte ihn mit mir gemeinsam. Er erklärte, dass dieser Tempel hinduistisch sei, und ich nahm an, dass es Onkel Markus dann nicht recht war, wenn ich ihn sehen würde, denn ich wusste, wie er dachte. Ich hatte mit ihm über den Hinduismus gesprochen. Onkel Markus hatte an seiner Zigarre gezogen, nach Großvater gerochen, und entschieden den Kopf geschüttelt. Diese Religion der Vielgötterei war ihm suspekt. »Denen sind ja selbst Kühe heilig«, sagte er und behauptete, die Hindus hätten für jedes ihrer noch so widersprüchlichen Bedürfnisse einen Gott und im Übrigen eine äußerst freizügige Einstellung zur Sexualität. Manche der Hindutempel seien mit unzüchtigen Darstellungen übersät. Aber an dem Heiligtum, an dem ich jetzt mit Ravi stand, war nichts Anstößiges. Der hinduistische Tempel sah aus wie ein Turm, auf dem sich unzählig viele Gestalten tummelten. Ravi erklärte, dass er den Götterberg Meru darstellte. »In your religion there is one God. Or perhaps three, the father, the son and the holy spirit. In my religion we have 33 millions of gods.«

Das war eine gewaltige Zahl. So gewaltig, dass die Götter noch nicht einmal alle Platz auf dem Tempel gefunden hatten, der sich mit all seinen Leibern vor uns auftürmte. Und alle waren sehr bunt. Ravis' Lieblingsgott Vishnu, zum Beispiel, hatte eine blaue Hautfarbe, weil das, wie Ravi erläuterte, die Farbe des Herzens und des Himmels sei. Vishnu stand damit für unendliche Liebe. »Like Jesus«, Ravi meinte sogar, dass der Messias eigentlich auch blau abgebildet werden müsste.

»You must be joking«, entfuhr es mir, »I thought you are a Christian.«

»I am«, versicherte mir Ravi. »Why not? No problem. Jesus is a good god. But he is not the only one.« Das allerdings verschlug mir die Sprache.

Ich fragte mich, ob Onkel Markus wusste, wie Ravi glaubte. Und ob alle angeblich bekehrten Christen in Ceylon so glaubten wie er. »Du sollst keine anderen Götter haben neben mir«, verkündete das Buch Mose, es war wirklich unfassbar, was ich hier zu hören und zu sehen bekam, da taten sich Abgründe auf. Ich musste dem widersprechen, klappte meinen Mund auf und zu, doch ich fand keine Worte. Ravi bemerkte nichts von meinem Konflikt. Er erstand am Tempel eine Blumenkette, die er mir um den Hals hängte, sah mich an und sagte: »Beautiful.«

Ich war immer noch sprachlos.

Wir fuhren schweigend zurück nach Kandy, während der Duft der Blumenkette aus weißem Jasmin, gelben Tagetes und Rosen, mir betörend in die Nase stieg.

Am zweiten Tag, den ich mit Ravi verbrachte, trug er ein T-Shirt, auf dem der Jesuskopf mit einer Dornenkrone abgebildet war. »Jesus is one of us, from Ceylon«, sagte er und fragte, ob ich sein Elternhaus kennenlernen wolle. Natürlich wollte ich. Ravi hupte mehrmals, als wir in das Dorf einfuhren, aus dem er kam. Eine Horde barfüßiger Kinder lief uns entgegen und umsprang unser Auto. Ravi hielt vor einer der Hütten an, vor der sich seine Familie, Großvater, Großmutter, die Eltern und seine Geschwister versammelt hatten. Sie standen dort wie für ein Foto aus alten Zeiten. Und alle lächelten. Lächelten, wie Ravi immer lächelte, und begrüßten mich, indem sie ihre Hände in Kopfhöhe falteten und sich verneigten, wie Ravi es am Flughafen getan hatte. Ich tat es ihnen gleich, wurde in die Hütte geführt und gebeten, mich zu setzen. Nur gab es keine Stühle. Also stand ich in der Gegend herum, bis die anderen sich sämtlich auf den Boden hockten, so einfach ging das. Ich hockte mich dazu, wir alle lächelten.

Das Lächeln von Ravis Vater allerdings unterschied sich von den unsrigen, es war rot. Sein Mund sah aus wie blutverschmiert und seine Zähne waren schwarz. Außerdem mahlten seine Kiefer unentwegt. Ravi verriet mir, dass sein Vater die Bethelnuss kaute. Davon hatte ich gehört, die Nüsse der Bethelnusspalme wurden klein gehackt, mit Kalk vermischt und in Blätter gerollt, die man kauen konnte. Das Gemisch hatte eine berauschende Wirkung, färbte den Speichel rot, und es machte satt. So konnte man Hunger unterdrücken. »Do you want to try?«, fragte Ravi.

Ich war zwar neugierig, aber bei weitem zu ängstlich dafür und begnügte mich stattdessen mit dem herrlichen Gewürztee, den mir Ravis Mutter zur Begrüßung brachte. Ich trank ihn langsam, Schluck für Schluck, wobei mir alle zusahen. Sie bestaunten mich wie ein exotisches Zootier, was mich nicht unbedingt behaglich fühlen ließ. Konnte denn gar nichts ihre Blicke ablenken? Gott sei Dank öffnete Ravis' Vater dann aber seinen bethelnussgefärbten Mund und tat etwas kund. »My father wants to know, whether you like Ceylon«, übersetzte Ravi.

»Ceylon is like paradise«, gab ich zur Antwort und damit schien das Wesentliche gesagt zu sein, die Spannung löste sich, das Eis war gebrochen. Ravis kleine Schwester kletterte mir auf den Schoß und begann mit meinen Kreuzohrringen zu spielen, die sie immer wieder antippte, damit sie hin und her schaukelten. Ravi ging nach draußen, um eine Zigarette zu rauchen. Als er wieder reinkam, servierte seine Mutter ein Reiscurry, nur gab es kein Besteck. Es half nichts, dass Ravi mir zeigte, wie man mit der Hand kleine Bällchen aus Reis formte, um sie im Curry zu wälzen und dann zu essen, bei ihm sah das geradezu elegant aus. Mir hingegen rutschte alles aus der Hand, so dass ich mich bekleckerte. Ravis Mutter war so lieb, mir ein Gewand zu bringen, das ich über mein Kleid zog. Sie nannte es »Sari«. Der Sari war safranfarben, wie das Hemd, das Ravi am Flughafen getragen hatte, vielleicht war es sogar aus demselben Stoff, und ich war jetzt ein ceylonesisches

Mädchen. Eine ceylonesische Frau, was mir gut gefiel.

Doch meine Freude hielt nicht lange an, es begann in meinen Gedärmen gewaltig zu rumoren. Mir bleib nichts anderes übrig, als nach der Toilette zu fragen, doch auch die gab es nicht.

»Your uncle is a good man«, entschuldigte sich Ravi für diesen Missstand, »he is bulding toilets for the poorest. We are not as poor as they are, but our village also has no toilet, and we hope, we are getting one, one day.«

Mit one day aber war mir in diesem Moment nicht geholfen. Ravi führte mich hinter die Hütte, hinein in den Dschungel. »Take some leaves«, empfahl er und ließ mich allein.

Ich hockte mit hochgerafftem Sari mitten im ungezähmten Grün, während mir eine braune Suppe aus dem Hintern lief. Das war der »Fluch des Pharao«, »die Rache Montezumas« oder auch der »Dehli Belly«, oder wie immer man das weltweit nannte. Ich versuchte, es positiv zu sehen, indem ich mir sagte, dass es ein Initiationsritus war, dem ich mich unterzog, der mich reinigte und mich Ceylon näher brachte. Aber eigentlich war mir die Sache nur unangenehm. Ich fühlte mich, als wenn ich auf ganzer Linie versagt hätte. Und zu allem Überfluss schaute jetzt auch noch das dornengekrönte Haupt von Christus durch das Blätterwerk.

»Even Jesus was suffering«, sagte Ravi, »for us it is normal.«

Normal oder nicht. Wir mussten auf der Fahrt zurück zur Missionsstation noch dreimal anhalten.

Der Indische Ozean war tiefblau wie ein Lapislazuli und glitzerte in der Sonne wie ein Diamant, als ich das nächste Mal mit Ravi unterwegs war. Es sollte unser letzter Ausflug sein. Vielleicht, weil Ravi an diesem Tag ein T-Shirt trug, auf dem Eva Adam den Apfel reichte, und wie jeder weiß, folgte für die beiden darauf der Rausschmiss aus dem Paradies. So wie

auch wir an diesem Tag in hohem Bogen
aus dem Paradies fliegen sollten, aber das
ahnten wir nicht. Erst einmal hatten wir
einfach nur das Auto abgestellt und lie-
fen barfuß über den Strand in Richtung
Meer, wo wir uns gegenseitig mit Wasser
bespritzen. Dann stürzten wir uns in vol-
ler Montur in die Brandung, es kam eh
nicht mehr darauf an, wir waren schon
durchnässt. Anschließend hätten wir
uns unserer Kleidung eigentlich entledi-
gen müssen, um zu trocknen. Aber wir
waren zu schüchtern, um uns voreinander auszuziehen und hatten Glück. Die
Sonne nahm sich unserer an und durch-
wärmte so rasch, dass uns fast schon wieder zu heiß war. Zum Schutz gruben wir
uns gegenseitig in den Sand ein, erst ich
Ravi und später Ravi mich, bis nur noch
die Köpfe herausschauten. Wieder aus-
gebuddelt waren wir dermaßen sandig,
dass wir wieder ins Wasser hechteten
und danach mussten wir natürlich wieder trocknen. Darüber verging der Tag.
Ein wunderschöner Tag, der nur aus

Sonne und Wind und Wasser und Wellen bestand und Ravi und mich zu einem Teil der Natur machte. So ein Stück Natur hat ja kein Bewusstsein. Es ist einfach nur ein Körper. Ein oder zwei Körper im Paradies. Sie haben noch nicht vom Baum der Erkenntnis gegessen und sind völlig unschuldig. Es war also nicht weiter verwunderlich, dass wir darüber die Zeit vergaßen und ich nicht pünktlich zum Abendessen zurück war. Darüber hinaus blieb ich nach meinem Eintreffen noch einen Augenblick zu lange mit Ravi im Auto. Ich starrte auf den Apfel in Evas Hand auf seinem T-Shirt, und Ravi sah auf meinen safranfarbenen Sari, den ich heute ihm zu Ehren trug, da passierte es. Wir hatten ja selbst nicht damit gerechnet. Es geschah einfach, dass Ravi mich küsste, oder war ich es, die Ravi küsste? Wir küssten uns, als Onkel Markus unvermittelt die Autotür aufriss. »Seid ihr von allen guten Geistern verlassen?«, schimpfte er und befahl Ravi auf der Stelle zu verschwinden.

»So missbrauchst du also mein Vertrauen.«

»Großvater tut das auch«, sagte ich, weil es das Einzige war, was mir zu meiner Verteidigung einfiel.

»Was meinst du damit, was soll das heißen?«

»Großvater küsst Tante Maria.«

Onkel Markus wagte das zu bezweifeln: »Du hattest schon immer eine blühende Fantasie.«

»Aber ich habe sie im Garten unter den Apfelbäumen gesehen.«

»Versuch nicht, mich abzulenken. Hier geht es um deine Verfehlung. Du stehst ab sofort unter Hausarrest, und Ravi werde ich entlassen.«

»Das kannst du nicht tun, Ravi ist arm.«

»Wer ist das nicht? Es gibt Dutzende, die seine Arbeit gerne übernehmen würden und das Geld genauso dringend benötigen.«

»Wenn dein Bruder sündigt, weise ihn zurecht, und wenn er sein Unrecht einsieht, vergib ihm. Selbst wenn er sieben-

mal am Tag gegen dich sündigt und siebenmal wieder zu dir kommt und sagt,
ich will es nicht mehr tun, sollst du ihm
vergeben«, zitierte ich aus dem Lukas-
evangelium und fügte hinzu, dass es keine siebenmal waren. Ravi und ich hatten
uns nur einmal geküsst.

Es war eine bittere Strafe, die verbleiben-
den Tage meines Urlaubs auf meinem
Zimmer verbringen zu müssen. So hatte
ich allerdings Zeit genug, darüber nach-
zudenken, dass ich ein Verräter war, ein
Judas. Ich hatte Großvaters Geheimnis
anstandslos preisgegeben. Dabei war mir
jetzt klar, dass ich in gewisser Hinsicht
nicht besser war als Großvater. Denn
dass ich Ravi gerne wieder geküsst hätte,
konnte ich nicht leugnen. Um ehrlich zu
sein, dachte ich an kaum etwas anderes.
Daran und daran, wie ich es verhindern
konnte, dass Ravi für unseren Kuss be-
straft werden sollte. Solange ich einge-
sperrt im Zimmer saß, konnte ich nichts
tun, als für ihn zu beten. Während mei-

ner Gebete versuchte ich mit Gott einen Deal auszuhandeln. Ich versprach ihm nicht nur, was das Küssen anging, in Zukunft frei von Sünde zu leben. Ich versprach Gott auch, Großvaters Küssen nachzugehen. So wurde ich zum zweiten Mal zum Verräter. Aber was soll ich sagen? Ohne Judas hätte es keinen Karfreitag und keine Auferstehung gegeben. Ohne ihn hätte sich die Heilsbotschaft nicht erfüllt. Wahrscheinlich war Judas zum Verräter geworden, weil es Gott so gewollt hatte. Und so machte ja vielleicht auch mein Verrat durchaus Sinn. Denn nun würde ich Großvater für Gott im Auge behalten. Ich würde ihn im Namen Gottes überwachen. Amen.

Am Tag meiner Abreise brachte Onkel Markus mich zum Flughafen nach Colombo. Zum Abschied legte er mir die Hand auf und segnete mich mit Worten aus dem Buch Mose: »Der Herr lasse sein Angesicht leuchten über dir und sei dir gnädig.« Dann teilte er mir mit, dass er Ravi nicht entlassen hatte. Gott hatte meine Bitte also erhört. Und ich wusste, was ich jetzt zu tun hatte.

Alte Haut

Wie ein Bär um den Honig-
topf begann ich um Großvaters Haus zu schleichen. Irgendwann hatte ich Glück, die Jalousien
waren hochgezogen. Ich hätte ins Schlafzimmer spähen können, traute mich aber
nicht dicht heran. Ich trat lediglich aus
dem Schatten der Apfelbäume und spitzte
die Ohren. Es war, als hätte das Haus begonnen zu atmen. Es stöhnte und seufz-
te, war es nicht erhitzt? Schwitzte es nicht
aus allen Poren? Was ich wahrnahm, ließ
mich erröten und fortlaufen und zog mich
doch wieder an. Ich konnte mich den Ge-
räuschen nicht entziehen, und ich hatte
ja auch versprochen, der Sache auf den
Grund zu gehen. Also riskierte ich eines
Abends einen Blick, ich hatte gute Sicht,
die Fenster waren nicht nur jalousien-
frei, das Schlafzimmer war sogar beleuch-
tet. Großvater und Tante Maria schienen
in Eile gewesen zu sein, die beiden hatten
einfach alles von sich geworfen, ihre Kleidung lag verstreut auf dem Boden. Nun
hatte ich noch nie jemanden beim Voll-

zug der Liebe beobachtet, und wer hätte gedacht, dass es ausgerechnet Großvater sein würde? Großvater und Tante Maria.

Um ehrlich zu sein, war das, was ich zu sehen bekam, nicht unbedingt ästhetisch. Es war alte Haut auf alter Haut. Das waren keine wohlgeformten Körper mehr, die sich da miteinander vergnügten, keine straffen Glieder. Das Alter mag ja durchaus seine Schönheit haben, aber die offenbart sich gewiss nicht äußerlich, in einem körperlichen Akt. Was ich sah, berührte mich dennoch, denn diese beiden Körper schüttelten das Alter gewissermaßen von sich ab. Es war etwas dermaßen Junges in ihrem Gebaren, den geröteten Gesichtern, dem Flüstern und Lachen und Atmen, in der ganzen Aufgeregtheit. Und wie zart und behutsam Großvater mit Tante Maria umging. Das hätte ich dem Silberrücken gar nicht zugetraut. Und Tante Maria konnte man nun wahrhaftig nicht mehr als Jungfrau bezeichnen. Aus der alten Jungfer war eine Geliebte geworden, Lust schien kein Alter zu kennen.

Und es war ja nicht nur Lust, was ich sah. In der Art, wie sich Großvater und Tante Maria begegneten lag unverkennbar Liebe. In Bezug auf die Liebe aber sagte die Bibel eindeutig bei Johannes: »Geliebte, lasset uns einander lieben. Denn Liebe ist aus Gott, und wer liebt, der ist aus Gott geboren und kennt Gott.« Konnte sie dann aber überhaupt Sünde sein? Ich fühlte mich nicht in der Lage, das zu beurteilen und beschloss, mich an den strengsten Gläubigen zu wenden, den unsere Familie zu bieten hatte.

Der Körper des Klosters

Ich hatte Onkel Jakob in dem Kloster, in dem er schon so lange lebte, noch nie besucht, und ich war nicht die Einzige. Von unserer Familie war bisher keiner bei ihm gewesen, was nicht nur an uns, sondern auch an Onkel Jakob lag, der sich von uns bewusst losgesagt hatte. Er war sehr überrascht, als ich ihn um Rat bat. »Lass uns das nicht am Telefon besprechen«, sagte er. »Komm zu mir, es ist nicht weit.«

Tatsächlich waren es mit dem Zug nur ein paar Stationen, und dann noch einige Schritte zu Fuß, fort vom Bahnhof, raus aus der Stadt, die zum Kloster gehörte. Oder das Kloster zur Stadt? In meinen Augen gehörte es vor allem zu den Feldern, von denen es umgeben war. Das Kloster war schon von Weitem zu sehen und sah aus wie ein gestrandetes Schiff, das von Weizen umspült wurde. Sein Anblick erinnerte mich an ein Kirchenlied, das ich in der Adventszeit oft gesungen hatte: »Es kommt ein Schiff geladen, bis an sein' höchsten Bord, trägt Gottes Sohn voll Gnaden, des Vaters ewig's Wort«. Das Lied war in seiner Melodieführung eher einfach, es besaß wenig Verzierungen. Genau wie das Kloster, dessen Architektur schnörkellos anmutete, geradlinig und klar, puristisch und asketisch. Ich kann nicht sagen, dass das Kloster mir deswegen Unbehagen einflößte. Oder vielleicht doch. Das Kloster sah streng aus. Es machte seinem Namen alle Ehre, denn das Wort Kloster stammt vom lateinischen Begriff »claustrum«, was »verschlossener Ort« bedeutet. Ich konnte kaum glauben, dass dieser Ort sich für mich öffnen würde und war froh, Onkel Jakob zu entdecken, der an der Klosterpforte stand und winkte.

Onkel Jakob zeigte mir alles. Die Kirche, den Friedhof, die Kapelle, die Klosterzellen der Brüder, die Bibliothek, sogar die Waschräume, und ich muss schon sagen, alles sah gleich aus. Schmucklos, schlicht. Die einzige Zierde des Klosters waren die

Kruzifixe in verschiedensten Größen, mal mit und mal ohne den Corpus Christi. Sie standen in jeder Nische, hingen an den ansonsten kahlen Wänden und erinnerten auf Schritt und Tritt daran, dass Christus für uns gestorben war. Ich fragte mich, ob unsere Sünden den Tod wert waren und sah einigen Mönchen hinterher, die lautlos an Onkel Jakob und mir vorübergingen, als wollten sie mit den Schatten und der Stille der Klostermauern verschmelzen. Auch Onkel Jakob verschmolz mit seiner Umgebung. Die Kutte, die er trug, machte seine Erscheinung vollkommen. Onkel Jakob sah jetzt dank seiner Tonsur nicht nur aus wie ein Mönch, er war zu einem Bruder in Christus geworden. Er lebte unter dem Kreuz, dass das Kloster bis in jeden Winkel hinein prägte.

Nur ich passte nicht hierher. Ich traute mich im Kloster ja nicht einmal zu husten. Geschweige denn zu lachen. Ich traute mich nicht zu leben, war es das? Dabei war es schon lange nach Mittag, ich hatte im Zug nichts gegessen und fürchtete, dass mein Magen laut zu knurren beginnen würde. Onkel Jakob spürte meinen Hunger, noch bevor ich etwas sagte. Er führte mich in den großen Speisesaal, bat mich, an einem der langen, leeren Tische Platz zu nehmen, und verschwand in Richtung Küche. Weil es im Kloster ganz schön kalt war, musste ich jetzt doch husten. Und es gab ein Echo. Das Kloster hustete zurück. Wir husteten solange um die Wette, bis Onkel Jakob mit einem Tablett voll mit Brot und Käse und Weintrauben und zwei Bechern mit heiß dampfenden Getränken zurückkam.

»Hagebuttentee?«, fragte ich.

»Minze, frisch aus dem Klostergarten«, Onkel Jakob stellte alles vor mich hin.

»Ein Garten?«, ich wollte schon wieder aufspringen.

»Nun iss und trink erst, und vergiss nicht, vorher ein Gebet zu sprechen. Dann sehen wir weiter«, bestimmte Onkel Jakob.

Der Klostergarten lag wie eine kleine Oase inmitten der Klostermauern, die ihn fest umschlossen wie einen gut behüteten Schatz. »Gärten haben in Klöstern Tradition«, sagte Onkel Jakob und wies auf die Bäume, Büsche, Blumen, Kräuter, auf das Obst und Gemüse. »Sie sind nicht nur eine Zierde und dienen der Selbstversorgung, sondern auch der Forschung, wie der berühmte Priester und Augustiner Gregor Johann Mendel bewiesen hat.«

Ich wunderte mich, wie gesprächig Onkel Jakob war. Er hatte, wie er sagte, immer etwas anpflanzen wollen, sein ganzes Leben lang schon. Jetzt erst verstand ich ihn: »Dann bist du der Gärtner des Klosters.«

Onkel Jakob nickte und führte mich zum Brunnen, der in der Mitte des Klostergartens vor sich hin sprudelte und wies auf eine Bank, die ihm gegenüberstand. »Hier sitzt und redet es sich am besten.«

Wir ließen uns nieder.

Onkel Jakob fragte mich, ob ich das Bild

von Emil Nolde kennen würde, auf dem er Gott als Mann mit Bart dargestellt hatte, der aus dem Himmel herab auf die Bäume der Erde blickte und mit einer Hand, vorsichtig, eine Blume berührte. Ich verneinte. »Das Bild heißt ›Der große Gärtner‹, und wenn man selbst Gärtner ist, kommt man der Schöpfung sehr nah«, bedeutete mir Onkel Jakob. »Aber deswegen bist du nicht hier. Magst du mir sagen, warum?«

»Ich möchte wissen, was du von der Liebe hältst«, erklärte ich unbeholfen.
»All eure Dinge lasst in Liebe geschehen«, führte Onkel Jakob aus dem Korintherbrief an, »aber das weißt du. Ich denke, es geht dir um etwas anderes.«
»Großvater schläft mit Tante Maria«, entfuhr es mir, und ich wunderte mich, dass nicht auf der Stelle etwas geschah, dass die Sonne hinter den Wolken verschwand und der Himmel sich verfinsterte oder etwas dergleichen. Ich erwartete irgendein Zeichen, eine göttliche Stellungnah-

me, dies war schließlich ein heiliger Ort. Aber nicht einmal Onkel Jakob zeigte eine nennenswerte Reaktion. »Die Sexualität meines Vaters interessiert mich nicht im Mindesten, er hat sich auch nicht für meine interessiert«, sagte er und fügte hinzu, dass er nicht wegen seines Glaubens ins Kloster gegangen sei.

»Nicht?« Ich war mir plötzlich nicht mehr sicher, ob ich hören wollte, was Onkel Jakob zu erzählen hatte. Ich war ins Kloster gekommen, um einen moralischen Kompass von ihm zu erhalten und jetzt offenbarte sich mir möglicher Weise die nächste Sünde. Was waren wir nur für eine Familie? Und dann kam es auch schon. Onkel Jakob behauptete, asexuell zu sein. Ich wusste nicht einmal, was das war, und ich traute mich auch nicht danach zu fragen. Onkel Jakob aber erklärte von sich aus, dass er in sexueller Hinsicht ein Neutrum sei, er habe nun mal kein Verlangen nach körperlicher Liebe. »Nie gehabt«, betonte er, das aber sei für die meisten Menschen nicht nachvollziehbar. Man hatte schwul oder lesbisch zu sein, dann würden sich alle darüber aufregen, die Familie, die Gesellschaft, die Religionen. Das Asexuelle hingegen war ihnen dermaßen fremd, dass sie einem unterstellen würden zu lügen. Keiner würde es einem glauben, sagte Onkel Jakob, »niemand«. Man würde wie ein Aussätziger behandelt, als hätte man eine schwere und ansteckende Krankheit. Onkel Jakob war es leid gewesen, sich für seine Veranlagung, für sein Anderssein zu rechtfertigen. Das Kloster war ihm in dieser Hinsicht entgegengekommen, da Onkel Jakob im Gelübde zur Ehelosigkeit, Enthaltsamkeit und Keuschheit seine Entsprechung gefunden hatte. Das Zölibat war für ihn wie gemacht, es war ihm quasi auf den Leib geschnitten. »Das Kloster ist mein Körper«, fasste Onkel Jakob seine Geschichte zusammen.

Ich war wie vor den Kopf geschlagen. Ich wusste nicht, was ich von Onkel Ja-

kobs Bekenntnis halten sollte, ich wusste nur, dass es bedeutsam war, konnte dazu aber nichts sagen. Und so saßen
Onkel Jakob und ich schweigend im Garten und lauschten dem Brunnen, als gäbe
es nichts anders. Mir fiel dabei das Ge-
dicht »Der schöne Brunnen« von Conrad
Ferdinand Meyer ein, in dem der Spring-
quell sich plätschernd ergießt und alles
strömt und zugleich fließt, und ich stellte fest, dass ich mit Großvater nicht einer
Meinung war, was die Dichtung, was die
Literatur anging. Aber das behielt ich für
mich. Ich wollte es mit nach Hause nehmen wie Onkel Jakobs rätselhafte Bemer-
kung, mit der er mich am Ende des Tages an der Klosterpforte verabschiedete:
»Was das Verhalten meines Vaters an-
geht, so könnte es mit Mutters Tod zu-
sammenhängen. Du weißt ja nicht, wie
deine Großmutter gestorben ist. Frag dei-
nen Vater danach, er war dabei.«

Das Aufbegehren

Vater sah mich lange schweigend an. »Es war nicht leicht für sie«, sagte er dann. Als bei Großmutter Krebs diagnostiziert wurde, war es noch früh genug. Die Ärzte schlugen vor, ihn mit einem operativen Eingriff und einer anschließenden Chemotherapie zu behandeln. Aber Großmutter lehnte das ab. In Großvaters Augen und in den Augen der Gemeinschaft der Gläubigen war eine Krankheit von Gott gegeben. Man hatte sie anzunehmen, in sich zu kehren, sich zu besinnen, seine Sünden zu bekennen, und das tat Großmutter. Nur wollte sich die Genesung, die nach diesem Läuterungsprozess zu erwarten war, nicht einstellen. Im Gegenteil, Großmutters Krankheit schritt rasch voran, und ihr Sterben zog sich quälend hin. Die Schmerzen, die sie zu ertragen hatte, weil sie nicht die geringste medizinische Hilfe in Anspruch nahm, waren nicht auszuhalten, auch für Großvater nicht.

Großvater verstand die Welt sowieso nicht

mehr. Was hatte seine Frau getan, dass sie so leiden musste? Es gab doch nichts, wofür sie von Gott zur Rechenschaft gezogen werden konnte, oder etwa doch? Großvater konnte nicht anders, als Großmutter danach zu fragen: »Was verschweigst du mir?« Aber, um Himmels Willen, Großmutter hatte nichts zu verheimlichen, bis zu ihrem Tod gab es da nichts.

In ihrer Sterbestunde jedoch saß Vater an Großmutters Bett, und da sagte sie ihm, dass sie gerne hätte länger leben wollen. Warum nur hatte sie so viel Hagebuttentee getrunken, um dann trotzdem Krebs zu bekommen, und warum hatte sie so wenig Fleisch gegessen, obwohl sie Fleisch mochte. Sehr sogar. »Ich bereue es«, bekannte sie, »Friedrich, die Gemeinschaft der Gläubigen, alles. Ich hätte ins Krankenhaus gehen können, es ist nicht leicht, jetzt zu sterben.« Das war für Vater das Schrecklichste am Tod seiner Mutter, dieses Aufbegehren. Die Unversöhnlichkeit, die darin lag. Und Großva-

ter ging es ja nicht viel besser als Großmutter. Zunächst einmal weinte er. Vater
hatte ihn noch nie so weinen gesehen,
noch nie so weinen erlebt. »Es war für sie
beide alles andere als leicht«, sagte er, um
wieder zu schweigen.

Ich aber konnte nicht länger still sein.
»Warum schläft Großvater dann mit Tante Maria, geht Trauer so schnell vorüber?«,
empörte ich mich und biss mir auf die
Lippen. Jetzt hatte ich auch meinem Vater
Großvaters Geheimnis verraten. Doch er
schien nicht überrascht zu sein. »Du weißt
es?«, fragte ich verblüfft. »Woher?«
»Na, hör mal, wir wohnen Haus an Haus.
Garten an Garten. So etwas lässt sich
nicht lange verbergen.« Vater erzählte,
dass Großvater nach Großmutters Tod
mit Gott gehadert hatte. Er konnte nicht
verstehen, wieso Gott Großmutter so
früh zu sich gerufen hatte, und war nicht
bereit, das zu akzeptieren. Auch Großvater begehrte auf. Er nahm Großmutters Tod Gott ganz persönlich übel. »Tan-

te Maria ist Großvaters Protest, so und nicht anders ist dieser Fall zu verstehen, es wird sich mit der Zeit alles von selbst erledigen«, behauptete Vater.

Von der Logik des Küssens

Dass das jedoch eine Fehleinschätzung war, bewies Großvater bereits einige Wochen später. Da war es schon wieder Herbst und Großmutter seit fast zwei Jahren unter der Erde.

Großvater kam in seinem besten Anzug durch die Gärten zu uns. Er schritt unter den Apfelbäumen, die Früchte trugen. Großvater pflückte sie nicht, weil Großmutter das immer getan hatte. Er sammelte sie auch nicht auf. Die überreifen, süßen Früchte fielen einfach ins Gras, wo sie vergammelten. Großvater aber setzte sich zu uns an den Tisch und machte Nägel mit Köpfen: »Ich werde Tante Maria heiraten.«

Vater fiel fast der Löffel in die Suppe. »Du willst Mutter ersetzen?«

»Aber das will ich doch gar nicht, Fritze. Tante Maria wird nicht deine Mutter, sondern meine Frau«, widersprach Großvater und lud uns auch gleich zu seiner Hochzeit ein, die in Ceylon stattfinden sollte, da Onkel Markus Großvater und

Tante Maria trauen würde und sie ihre Flitterwochen dort verbringen wollten.

»Eure Flitterwochen?«, wiederholte Vater, »Du glaubst doch nicht im Ernst, dass wir kommen. Und Jakob mit Sicherheit auch nicht.«

»Jakob kommt sowieso nie«, sagte Großvater.

Aber ich wollte unbedingt nach Ceylon, die Aussicht darauf, Ravi wiederzusehen, war fantastisch. Und es bestand sogar eine Chance, ich hatte Mutter auf meiner Seite. »Nun sei doch nicht strenger als dein Vater«, wies sie meinen Vater zurecht. »Er war mit mir als Braut auch nicht einverstanden und ist trotzdem auf unserer Hochzeit gewesen.« Das war ein gutes Argument, ich hatte die Bilder der Trauung meiner Eltern mehr als einmal im Fotoalbum bewundert. Sie war ein rauschendes Fest, was nicht weiter verwunderte, da Mum und Öpi es ausgerichtet hatten.

Als Erstes hatten sie ihre Tochter mit einem Brautkleid ausstaffiert, mit dem Mutter dem Namen La Belle im schönsten Sinne gerecht wurde, es bestand zu einem großen Teil aus Spitze. Und Mum gab sich selbst unschwer als Mutter der Braut zu erkennen, sie trug ein ganz ähnliches Kleid, nur nicht in Weiß und selbstverständlich ohne Schleppe. Öpi bestach im Frack und Zylinder und mit einer Nelke im Knopfloch. Mum und Öpi hätten als Brautpaar durchgehen können, so schick sahen sie aus. Vater hingegen hatte seine Kleidung offensichtlich selbst ausgesucht und war in seiner Wahl von den Werten seiner Eltern geprägt. Er trug einen schlichten Anzug, den man bestenfalls als ordentlich bezeichnen konnte, immerhin war er gut gebügelt. Und mehr brauchte es ja auch nicht, so oder so waren Vater und Mutter ein schönes Paar. Und Mum und Öpi erwiesen sich als hervorragende Gastgeber. Sie ließen es an nichts fehlen, weder am fürstlichen Essen noch am aufwendigen Blumenschmuck, weder an der bombastischen Hochzeitstorte noch an der Tanzkapelle, und schon gar nicht an der edlen Auswahl von Weinen und Spirituosen. Letztere waren daran schuld, dass sich die Feierlichkeiten erstaunlich entwickelten.

Im Anfang hatte es gewirkt, als wären zwei Gesellschaften eingeladen, die so gar nicht zusammenpassten, nichts miteinander anfangen konnten und sich deshalb voneinander getrennt hielten. Auf der einen Seite der Hochzeitstafel saßen die Angehörigen und Freunde der Braut, die sämtlich aussahen wie Paradiesvögel, auf der anderen Seite die Angehörigen und Freunde des Bräutigams, deren Anblick an Saatkrähen erinnerte. Da es aber zum Essen reichlich Alkohol gab, den auch einige der Saatkrähen genossen, und da die Gläser, sobald sie geleert waren, von der Tischbedienung sofort wieder aufgefüllt wurden, lockerte sich die Gesellschaft im Laufe des Nachmittags. Und am Abend war sie dann vollkommen gelöst. Es gab ein Foto, auf dem Großvater doch tatsächlich mit Mum tanzte und das ganz schön beschwingt. Der Tanz zeigte, was in Großvater steckte. All das, was jetzt bei Tante Maria zum Tragen kam.

»Es ist mir völlig egal, ob Vater auf unserer Hochzeit war. Das war damals etwas anderes. Jetzt geht es mir vor allem um Mutter. Ich möchte nicht wissen, was sie von dem Ganzen halten würde«, protestierte Vater.

»Aber sie lebt nicht mehr«, sagte Mutter eindringlich.

Vater hörte nicht auf sie. »Wie kommt Markus dazu, Vater zu trauen, was denkt er sich dabei?«

»Dein Bruder Markus hatte deinem Vater noch nie etwas entgegenzusetzen, er hat sich immer nach ihm gerichtet. Außerdem denkt er wahrscheinlich, was die meisten denken, nämlich, dass dein Vater mit deiner Mutter zusammen gewesen ist, bis der Tod sie geschieden hat. Jetzt hat er das Recht, sich neu zu binden. Und das ist besser, als in wilder Ehe zu leben, meinst du nicht?«

»Du meinst es ist besser, als Unzucht zu treiben?«, Vater war nicht zu beschwichtigen. Er blieb dabei, nicht zu Großvaters Hochzeit reisen zu wollen, da war nichts zu machen.

Und vielleicht war das ja auch richtig, zumindest für mich. Richtig, Ravi nicht noch einmal zu begegnen und erneut in Versuchung zu geraten. Die Erinnerung an unseren Kuss war verblasst. Er wirkte in der Welt, in der ich lebte, irreal. Und überhaupt fragte ich mich, ob das mit den Küssen in etwa so war wie mit den Schmerzen. Wenn man sie hatte, waren sie da. Und wenn sie vorbei waren, erinnerte man sie zwar, aber man konnte sie nicht mehr fühlen. Man wusste nur noch, dass es sie gegeben hatte. Von unserem Kuss war also reichlich wenig übrig geblieben. Ich folgerte daraus, dass Küsse dazu da waren, ständig erneuert zu werden, sonst vergingen sie. Mit dem Wiederküssen aber musste man vorsichtig sein, denn man sah ja an Großvater, welche Logik dem ewigen Küssen am Ende innewohnte.

Großvater schickte von seiner Hochzeit drei Bilder. Drei Fotos, die eine lange Reise hinter sich hatten und doch eher eintrafen, als Großvater und Tante Maria selbst, die auf Ceylon ja noch ihre Flitterwochen verbrachten. Auf dem ersten der Fotos waren sie zu sehen, wie sie Hand in Hand vor der kleinen Kirche der Missionsstation standen. Tante Maria war kaum wiederzuerkennen. Sie trug einen bauchfreien Sari, was nicht unbedingt vorteilhaft aussah, aber sie gab sich so frei und wirkte überaus glücklich. Großvater wirkte stolz, aber auch er mutete fremd an. Er trug das traditionelle Beinkleid der Hindus, den sogenannten Dhoti, ein langes Stück Stoff, das um die Hüften gewickelt wurde und wie eine Pluderhose aussah. »Das ist absurd«, sagte Vater und schob das Foto von sich.

Aber das nächste Foto machte es für ihn

nicht besser. Es zeigte Großvater und Tante Maria, die auf einem bunt bemalten Elefanten ritten, den ich als Lydias Lieblingselefanten Knud erkannte. Er wurde von Onkel Markus im schwarzen Talar und Tante Marlene in Begleitung der Glorreichen Sechs geführt, die Orchideen im Haar trugen. »Elefanten bringen Glück«, erklärte ich meinem Vater.

»So ein Quatsch«, sagte er unwillig.

Auf dem letzten Foto waren Großvater und Tante Maria offensichtlich bereit für die Flitterwochen. Sie reckten ihre Köpfe aus Onkel Markus Auto und winkten, und da sah ich auch ihn, wie er hinter dem Steuer saß und lächelte. Ravi lächelte das Lächeln seines Landes und fast meinte ich seine wellenförmige Kopfbewegung dazu zu sehen, was mir einen Stich versetzte. »Darf ich das Bild haben?«, fragte ich und griff auch gleich danach. Vater bemerkte es nicht einmal. Er war mit der Notiz beschäftigt, die Großvater den Fotos beigefügt hatte. In steiler, krakeli-

ger, schlecht lesbarer Schrift, die immer
aussah, als würde Großvater gegen inne-
re Widerstände anschreiben, war sie auf
einem Zettel vermerkt, der wohl aus einem Notizblock herausgerissen war. »Und
der Herr sprach, es ist nicht gut, dass der
Mensch allein bleibt«, stand dort aus dem
Buch Mose. Großvater hatte dem nichts
hinzugefügt.

»Ich finde, er hat recht«, sagte Mutter, die
sich bisher zurückgehalten hatte.

»Hm«, brummte Vater nachdenklich.

Ich lies derweil das Bild von Ravi in den
aufgenähten, weiten Taschen meines Klei-
des verschwinden. Ich bewahre es heute
noch zusammen mit anderen alten Fotos
in einer Zigarrenkiste auf, die aus Großvaters ehemaligem Heimbetrieb stammt.

Nachdem sie von ihrer Hochzeitsreise
zurückgekehrt waren, zog Tante Maria
bei Großvater ein, und das Leben nor-
malisierte sich allmählich. Langsam aber
sicher akzeptieren wir alle, dass sie ein
Paar waren. Zumal sie sehr angenehm

in Erscheinung traten. Großvater wirkte ausgeglichen, und Tante Maria war ein Herz. Eine liebe Seele. Es gab niemanden, der sie nicht schätzte, sogar Onkel Jakob fand sich ein. Er besuchte Großvater, oder sollte ich besser sagen Tante Maria? Und das nicht nur einmal. Großvater und Tante Maria ihrerseits kamen regelmäßig zu uns, und selbst die Apfelbäume sahen mittlerweile aus, als würden sie das begrüßen und ihnen zur Seite stehen. Bald fiel auch das nicht mehr auf. Irgendwann war alles wie immer.

Dann kam das Ende. Es kam sehr abrupt. Niemand hatte damit gerechnet, dass Tante Maria, die um einiges jünger war als Großvater, erkranken könnte. Und das, wie Großmutter, ausgerechnet an Krebs. »Das kann kein Mensch zweimal ertragen«, jammerte Großvater und wollte dieses Mal alles tun. Tante Maria sollte die besten Behandlungen erhalten. Doch der Krebs hatte bereits gestreut, mehrere Organe befallen und sich in Tante Marias Körper ausgebreitet. Tante Maria erklärte, zu Hause sterben zu wollen. Das Morphium, das sie regelmäßig gespritzt bekam, damit ihr Leiden zumindest etwas gelindert werden konnte, nahm sie dankbar an.

Großvater aber war wie von Sinnen. Er lief ständig und stundenlang durch den Garten, irrte unter den Apfelbäumen herum und hielt sich an ihren Stämmen fest. »Es wiederholt sich alles, das ist eine Prüfung«, klagte er. »Weil ich Gott Paula nicht geben wollte, ruft er jetzt Maria auf die gleiche Weise zu sich. Was soll, was kann ich nur tun?« Großvater blieb nichts anderes übrig, als Tante Maria loszulassen. Er schaffte es gerade noch rechtzeitig. Einen Tag bevor sie starb, überantwortete er sie Gott mit den Worten aus dem Matthäusevangelium: »Mein Vater, ist's möglich, so gehe dieser Kelch von mir, doch nicht, wie ich will, sondern wie du willst.« Tante Maria starb friedlich.

Auf ihrer Beerdigung, zu der auch Onkel Markus' Familie aus Ceylon angereist war, begann es zu schneien. Und während Tante Marlene sich unermüdlich in der Kälte ihre schlecht durchbluteten, blassen, kalten Finger rieb, bekamen die Glorreichen Sechs das erste Mal in ihrem Leben Schnee zu sehen. Sie fingen ihn mit dem Mund auf und ließen ihn auf der Zunge zergehen, um ihn wieder aufzufangen, was ich tröstlich fand. Es erinnerte mich daran, dass Leben vergeht und im selben Moment wieder entsteht und vergeht.

Dass Großvater das Frühjahr nicht mehr erleben würde, war dagegen rasch klar. Nach Tante Marias Tod hörte er auf zu essen. Und er trank auch fast nichts mehr. Ich fragte Vater, ob das nicht Selbstmord und damit Sünde war, da im Christentum einzig Gott entschied, wann und wie ein Mensch zu sterben hatte. Vater aber erklärte, dass Großvater nun mal keinen Hunger mehr habe. »Keinen Hunger auf Leben«, sagte ich.

»Das auch«, bekannte Vater, aber Großvater bekomme wirklich nichts mehr herunter. Seine Unfähigkeit, etwas zu sich zu nehmen, leite nichts anderes als einen natürlichen Sterbeprozess ein, der sich von anderen Sterbeprozessen nicht unterscheiden würde, deshalb sei es in Großvaters Fall kein Selbstmord. Ich war erleichtert.

Es war sehr berührend, den alten Patriarchen und ehemals stattlichen Silberrücken, unser Familienoberhaupt und Alphamännchen, dahinschwinden zu sehen.

Großvater wurde immer dünner, er fiel förmlich in sich zusammen. Bald war er zu schwach, um auf den Beinen zu sein, und konnte nur noch im Bett liegen. Er lag dort mit geschlossenen Augen, die Hände auf der Bettdecke gefaltet. Neben ihm, auf einem Stuhl, der am Bett stand, lag sein bester Anzug. »Den will ich im Sarg tragen«, murmelte Großvater, als ich ihn besuchte. Er bat mich die Fenster zu öffnen, durch die ich seinerzeit hereingespäht hatte, um ihn mit Tante Maria zu beobachten. Ich weigerte mich, weil es draußen sehr kalt war, gab aber schließlich Großvaters Drängen nach. Er öffnete die Augen und sah in die Apfelbäume, deren kahle Zweige sich vor den Fenstern im Wind wiegten. Großvaters Gesicht bekam von der frischen Luft etwas Farbe, er hatte plötzlich Apfelwangen, die ihn noch einmal jung machten. »Ich habe sie beide geliebt«, sagte er. »Paula und Maria. Jede auf ihre Art. Glaub mir, die Bibel hat recht, wenn es im Korintherbrief heißt, dass prophetische Eingebungen aufhören werden, und dass das Reden in Sprachen, die von Gott gegeben sind, verstummen wird. Selbst die Gabe der Erkenntnis wird es laut der Bibel nicht mehr geben. Aber die Liebe bleibt.« Das war es, was Großvater mir mit auf den Weg gab.

Poesie

Auf Großvaters Beerdigung standen Onkel Markus, Vater und Onkel Jakob nebeneinander. Feierlich rauchten sie die übrig gebliebenen Zigarren ihres Vaters und schnippten ihm zu Ehren die Asche hinunter in die Erde, auf den Sarg. Und auch ich hatte vor, Großvater anders zu verabschieden, als es gemeinhin üblich war. Statt einer Blume warf ich ihm einen Apfel ins offene Grab.

Großvater liegt übrigens bei Großmutter. Und Tante Maria liegt nur ein paar Gräber von ihnen entfernt bei ihren Eltern. Wenn ich auf den Friedhof gehe, besuche ich zuerst das Grab der Großeltern und sehe hinüber, zu Tante Maria. Anschließend besuche ich Tante Marias Grab und sehe hinüber zu den Großeltern. Und wenn ich noch weiter sehe, über den Friedhof hinaus, der sehr offen in die Landschaft gebettet liegt, denke ich an meine Vergangenheit inmitten der Gärten, Apfelbäume und Kirchen. Mir geht dann der Psalm Davids durch den Kopf, in dem es heißt: »Die Tage des Menschen sind wie Gras. Er blüht wie eine Blume auf dem Feld. Wenn der Wind darüber geht, so ist sie nicht mehr da, und ihre Stätte kennt sie nicht mehr.« Und dann weiß ich, warum ich jetzt nur noch an eines glaube: an die Poesie.

Carla Bessa
URUBUS
Erzählungen

Aus dem brasilianischen Portugiesisch
übersetzt von Lea Hübner

»Wow, so was hab ich noch nie gelesen. Die Stories haben
mich gepackt. Die Geschichten warten immer doch noch mit
einer Überraschung, mit einer Wendung, auf, so dass ich am
Ende gedacht habe: Das ist Literatur vom Allerfeinsten.«

Thomas Böhm, RBB, Radio Eins

112 Seiten, geb. mit Schutzumschlag. ISBN 978-3-88747-386-0

LESEN SIE WEITER

Frauke Tuttlies
HERR GRUNDMANN SAGT FRANZISKA
Novelle

»… das Besondere dieses Buches ist nicht der
konventionelle Handlungsrahmen, sondern der
ungewöhnliche melodische Stil … rhythmisch überzeugend
komponierte Sätze verleihen dem Lesen einen gewissen Sog.
Frauke Tuttlies ist eine federleichte Liebesgeschichte
gelungen, stilistisch traumwandlerisch sicher und
tranceartig wie ein guter Lovesong, kurz:
Ein Frühlingsgefühl, das man lesen kann.«

Helmuth Opitz, LyrikWelt

96 Seiten, geb. mit Schutzumschlag. ISBN 978-3-88747-331-0